The Art of Fiction

小说的艺术

[英]亨利·詹姆斯 ———— 著　崔洁莹 ———— 译

四川文艺出版社

果麦文化 出品

目录

小说的艺术

我唯一能够想到的一个创作小说的
条件就是真实。

如果不是沃尔特·贝赞特先生[2]最近出版了十分有趣的小册子《小说的艺术》，从而让我为自己的鲁莽找到了托词，我应该也不会给这些评论取一个如此无所不包的名字。我的这些评论必定在任何一方面都缺乏完整性，但如果对相关主题进行全面的考量，我们就会被带得太远了。贝赞特先生在皇家研究院[3]的演讲——它是那本小册子的雏形——似乎表明许多人都对小说的艺术感兴趣，他们对那些进行小说艺术实践的人可能想在这一领域发表的评论也并非漠不关心。因此，我唯恐错过与之合伙所带来的好处，趁贝赞特先生显然已经引起关注的时候再多言几句。关于讲述故事的奥秘，他已经表达了自己的观点，这本身就有十分鼓舞人心的地方。

　　这是活力与好奇心的证明——不仅是志同道合的小说家们的好奇心，也是读者们的好奇心。就在不久之前，人们或许还认为英国小说不具有法国人称之为可讨论性[4]的那种特征。它缺乏背后拥有一种理论、一种确定的信念、一种自我意识的气质——这气质来自它是某一艺术信念的表达，是经由选择和比较的结果。这并不是要说英国小说因此而更糟，我可没有胆量暗示小说的形式，如狄更斯[5]和萨克雷[6]（以他们两位为例）所以为的那样，有任何不完满的地方。然而它确实是朴素[7]的（如果我还能再借用一个法语词的话），并且显而易见的是，如果英国小说注定因为失去这一质朴[8]而遭到某种折损，那么现在它确信这失去也伴随着相当的益处。在我之前提到的那个时期里，有一种易于接受且令人愉悦的想法广泛流行，即小说就是小说，好比布丁就是布丁，仅此而已。但出于某种原因，最近一两年内开始有了恢复生气的迹象——在一定程度上说，一个讨论的时代似乎开启了。艺术依赖讨论、实验、好奇心、意图的多样性、观点的交锋，以及立场的对比而生存。并且有些人认定，当一个时代里所有人对艺术都没有什么特别的观点要表达，说不出艺术实践和偏好的理由，那么即便它可能是一个天才的时代，也不会是一个发展的时代，甚至可能还会是个有点迟滞的时代。对任何一种艺术的成功应用都是令人愉悦的景象，但理论也同样是有趣的。虽然有很多理论缺乏艺术应用，但我相信没有一个名副其实的成功缺乏潜在的信念核心。当讨论、建议、表达都能够坦率且真诚，它们就会是培育艺术作品的土壤。贝赞特先生为此做出了极好的榜样，他表达了关于小说应该怎么写、怎么发表的看法，因为他在附录中继续讨论的对"艺术"的观点也将其包含在内。同领域的其他从业者无疑会参与讨论，他们会带入自己经验中的领悟，这必然会使我们对小说的兴趣比曾经一度面临衰落的时期更大——在这种严肃、活跃、富有探究性的兴趣之下，在充满信心的时期里，这项令人愉悦的研究才胆敢多发表一些对其自身的看法。

要想受到公众的认真对待，自己必须先认真对待自己。那种认为小说"邪恶"的旧思想无疑已经在英国绝迹了。但它的幽灵还在躲躲闪闪地徘徊，瞄向任何一个不肯或多或少承认自己只是个笑话的故事。即便最滑稽诙谐的小说也在一定程度上感受到这种被排斥的压力。而在此之前，直接遭到禁止的是文学中的轻浮。滑稽诙谐并不总能假扮庄严。即便人们也许羞于启齿，但他们仍然要求一部归根结底只是"虚构"（不然什么才算"故事"呢？）的作品应该在一定程度上怀有歉意——应该不要以确实地企图表现生活自居。这当然是任何一个明理且清醒的故事都不会做的，因为它们很快意识到这种条件下的宽容只是企图披着慷慨的外衣来遏制它们。相比之下，虽然福音派教会从前对小说的敌意既直截了当又狭隘，虽然他们认为小说和舞台剧一样，对我们灵魂的永生没多少益处，但实际上这种看法远不如那种认为小说应怀有歉意的观念更具侮辱性。一部小说得以存在的唯一理由是它确实意图表现生活。一旦它不再像画家笔下的作品那样意图表现生活，它就会落入十分奇怪的境地。而人们并不要求图画通过自我贬低来获得谅解。并且据我之见，绘画艺术与小说艺术之间的相似性是全面的。二者的灵感是相同的，创作过程（不算上它们不同的表达手段）是相同的，成功也是相同的。它们可以相互学习，互为解释和彼此支撑。它们有同样的事业，共享荣誉。二者各自在风格和表现技巧方面都具有独特性，并促进了各自的发展。穆罕默德的信徒们认为图像是渎神的，但基督徒们早就不这么想了。因此，他们至今还对这一图画艺术的姐妹疑虑重重（尽管他们可能已经掩饰了这一点）就显得更为古怪。消除疑虑的唯一有效方法就是强调我刚才提及的那个类比——去坚持一个事实，即正如图画就是现实，小说也是历史。这是我们能够对小说做的唯一概述（同时也是一个合理的概述）。但如我所言，历史也是可以表现生活的，它和绘画一样不被要求怀有歉意。小说的题材同样存储在档案和记录中，而且只要它自己不打算泄露玄机，如人们在加利福尼亚说的那样，就应该用历史学家的口吻，胸有成竹地去讲述。有些卓有成就的小说家喜欢在叙述中泄露玄机，这一定常常让认真看待他们小说的读者们伤心不已。我最近沉迷于阅读安东尼·特罗洛普[9]的作品，他就在这方面特别不慎重。在一段题外话、一个插入部分或者一段旁白中，他向读者坦白他和那个轻信他的朋友只是"虚构"。他承认自己叙述的事情没有真的发生，并且他可以让叙事情节转到读者最喜欢的任何方向。坦白地说，这种对小说家这一神圣职业的背叛在我看来是一桩可怕的罪行；这就是我所说的歉意所包含的意思，并且它在特罗洛普身上给我的彻底震撼就仿佛是在吉本[10]与麦考利[11]身上给我的震撼一样多。这意味着小说家不像历史学家那样忙于寻找真实（当然，我指的是他所设想的真实，这是我们必须给予他的前提，无论实际上它们会是什么），并且因此一下子被剥夺了所有立足之地。去表现和阐释历史与人类的行动，是两类作家共同的任务，而我能看到的唯一区别就是小说家越成功，他的荣耀就在于他越难以收集证据，而这和纯粹文学性的工作相距甚远。在我看来，小说家同时与哲学家和画家有着如此多的相似之处，这似乎给予了小说家以伟大的品格，这一双重的相似性是一种伟大的传承。

这些都清楚地表明，贝赞特先生所坚持的观点是多么全面充分：他指出小说当属艺术之列这一事实，因此应当轮到小说来获得所有那些迄今为止一直为成功的音乐、诗歌、绘画以及建筑行业所拥有的荣誉和薪酬。对这么一个重要事实来说，再怎么坚决主张也不为过。并且贝赞特对小说作品地位的要求也许可以稍微不那么抽象化地表述一下，即贝赞特先生不仅要求小说家的作品应该被认为是具有艺术性的，并且还应该被认为确实是非常具有艺术性的。贝赞特先生表达出这个意思来是再好不过的了，因为他所做的表明有这样的必要，并且他的主张对许多人来说可能是新奇的。人们看到这一想法就会不敢相信地揉揉自己的眼睛，但贝赞特先生文中其余的部分确认了这个观点是正确的。事实上，我感觉还可以进一步地去证实以下说法也不会错得太远，即除了从来没想过小说应该是艺术性的那些人以外，还有相当多的人在听到有人强调这一观点时，会在心中充满怀疑。他们会发现难以解释自己的那种厌恶感，但这种感觉却强烈地引发他们的防范之心。在我们新教群体中，有许多事物都怪异地扭曲变形，在一些圈子里，人们认为"艺术"会对那些认为它十分重要，让它在权衡之中体现价值的人产生一些不明确的有害影响。这些人认为，艺术以一种神秘的姿态与道德、娱乐和教导对立。当它在画家的作品中体现出来（雕塑家是另一码事！），你就知道它是什么：它就出现在你的面前，在那片实在的粉色、绿色和一个镀金的画框中，你一眼就能认出里面最糟糕的东西来，你可以保持警惕。然而，当艺术进入文学之中，它就变得隐蔽起来——于是就有了让你在察觉之前就受到伤害的危险。文学应该要么起训导作用，要么起娱乐作用。而且许多人认为，这些对艺术性的苦思冥想，对形式的探索，不仅对两种作用都毫无帮助，实际上还妨碍了两者。对于教导来说它们太肤浅，对于娱乐来说又太严肃。除此之外，它们还刻板教条、自相矛盾且多余累赘。我想，如果那些走马观花一般读小说的人要把自己暗藏的想法表达清楚的话，就会是这个态度。当然，他们会争辩说，小说应该是"好"的，不过他们会用自己的方式来解释这个词，从而使它在不同的评论者那里产生的意义千差万别。有人会说"好"意味着塑造有德行有抱负且地位崇高的人物；有人会说"好"取决于一个"圆满结局"，它是最终的奖品分配，是抚恤金，是丈夫、妻子、婴儿、百万财产、附加的条款和令人愉快的谈论；还有人会说"好"就是充满了事件和变动，所以我们都希望能跳到情节后面，去看看那个神秘的陌生人是谁，那个被偷的东西有没有找到，并且这种快感不该被令人厌烦的分析或"描述"所扰乱。不过这些人都一致认为有关"艺术性"的观点会扫了他们的兴。有人认为它应该为所有的描述承担责任，有人则认为它是缺乏同情心的表现。它显然不利于有一个圆满的结局，而且在有些情况下甚至会否决了所有的结局。对于许多人来说，小说的"结局"就好像一道上好晚宴中的甜品或冰品，而小说中的艺术家就像那种爱管闲事的医生，禁止人们享受那宜人的回味。因此，虽然贝赞特先生认为小说是一种出类拔萃的文学形式，但他的观点不仅遭到消极的忽视，也受到了直接的冷遇。作为一件艺术品，它的本质宗旨是否要像一件机械作品那样给出圆满的结局、讨人喜爱的人物以及一个客观的语调是无关紧要的：如果没有一个雄辩的声音响起来，让大家注意到小说和其他艺术形式一样，是自由且严肃的文学分支，那么这些想法联在一起，即便内部不相一致，对小说来说也是难以承受的。

当然，在无数对我们这代人的轻信具有吸引力的小说面前，有时也会产生怀疑，因为似乎没有伟大品格能从这样轻易且快速制作出来的商品中产生。必须承认的是，好小说被坏小说害惨了，并且整个小说行业都因为作品过剩而败坏了名声。不过，我认为这一损害只是表面的，并且书写小说的过剩并不违背原则本身。小说像其他体裁的文学一样，像我们今天的所有事物一样，被庸俗化了，并且事实证明，它比其他体裁的作品更容易被庸俗化。但是，好小说与坏小说之间的差别和从前一样大。坏小说和胡乱涂抹的画布、毁坏了的大理石雕像一样，都被扫进无人问津的遗忘角落，或者世界的后窗下那广阔无边的垃圾场，而好小说则光芒四射，激起我们对完美的渴望。尽管我要冒昧地对语调里充满了对他的艺术之爱的贝赞特先生提出一点批评，我也应该立刻把它讲出来。对我来说，贝赞特先生错在试图如此确定地说出好小说应该是什么样的。指出这样的错误所导致的危险是这几页内容的目的。我想表明，关于这个主题的某些被人先验地加以运用的传统已经产生了严重的影响，以及，对于一门力图直接再现生活的艺术来说，要有良好的健康状态就必须拥有完全的自由。它靠实践为生，而实践的意义恰恰是自由。要想不被斥为独断专权的话，我们能够预先为小说规定的职责，就只有有趣这一条。这个普遍性的职责与小说相伴相依，但这就是我唯一能想到的职责了。小说能够自由实现这一效果（引起我们的兴趣）的方式多到让我震惊，而给小说制定规范或限定边界则只会使它变糟。小说和人的脾气性情一样各有不同，而它们越是能够表现出一个异于他人、与众不同的心灵，就越可以取得成功。用最宽泛的定义来说，一部小说就是一种个人化的、对生活的直接印象：那么首先，这构成了它的价值，这价值的大小取决于印象的深刻程度。然而如果没有感觉与言说的自由，就不会有任何的深度，因此也不会有价值。去探寻小说应该遵循的路线、使用的语调、填充的形式等做法都限制了自由，并且抑制了我们最感兴趣的那一个东西。似乎对我来说，应该在事实之后再来欣赏形式：

那时作者已经做出了选择，他的标准也显示了出来；那么我们就可以遵循路线和指示方向，可以比较语调和相似之处。简而言之，我们可以享受那最为迷人的欢乐之一，可以评估质量，可以对实践进行检验。实践仅仅属于作者一人，这是他最为个人化的一点，而我们也通过这一点来衡量他。小说家的优势、奢侈，以及他的痛苦和职责都在于作为一个实践者，他意图要做的事是不受限制的——他可能的实验、努力、发现、成功都不受限制。尤其是他一步一步地工作，和他那拿着画笔的兄弟一样，对那位兄弟，我们总说他用只有他自己最懂的方式来绘画。他的方式就是他的奥秘，但却不一定是为他独有。如果他愿意，也可以把这奥秘当作一般的事物一样公布于众。当将其教授给别人时，他也可能倍感困惑。我谈到这一点时回顾到了我曾提出的主张，即画家绘画与小说家写作的方法有共同之处。画家能够教授他绘画的基础内容，并且通过学习好的作品（假定具有天赋的话），也有可能去学习如何绘画和如何写作。然而，有一个事实也依然成立，并且也不伤害这两种艺术之间的**紧密联系**[12]，即文学家会不得不比其他艺术家更多地对学生说："啊，那么，你必须据你所能去做！"这是一个关乎程度大小的问题，一件精妙的事情。如果说存在精确的科学，那么就存在精确的艺术，而由于绘画的法则比小说要确切得多，所以它产生了区别。

然而，我必须补充的是，如果说贝赞特先生在文章的开头指出"小说的法则应该可以被制定和教授，使它像绘画的协调、透视和比例法则一样精确严谨"，那么他把他的评述应用到"普遍"法则上，并且用一种令人难以否认的方式来表述大部分的法则，使得这一言论听起来不那么过分。他认为，小说家必须从经验出发来写作，他的"人物必须真实，就好像在真实的生活中会遇见一样"；"一个宁静乡村长大的年轻女士不应该去描写驻防部队的生活"；"如果一个作家的朋友和他的个人经历都来自中下层阶级，那么他应该谨慎地避免让他的人物进入上层社会"；应该在备忘簿里记笔记；人的形象应该有清晰的轮廓；通过一些描写说话或仪态的技巧来使人物形象清晰是个糟糕的方法，而通过"详细地描绘他们"则是更糟的办法；英国小说应该有一个"自觉的道德目的"；"精细的写作技巧——亦即风格——的价值怎么高估都不过分"；"最重要的就是故事"，"故事就是一切"：这些法则中的大部分无疑都让人难以不赞同。或许那条关于中下层阶级作家和他对自己地位认知的评论相当令人寒心，但我认为其余的那些建议都难以拒绝。与此同时，我也发现除了那条关于在备忘簿里做笔记的劝导之外，其余的建议也让人难以绝对地赞同。对我来说，它们很少有贝赞特先生认为小说家的法则所应该具有的品质——"协调、透视和比例法则"的"精确严谨"。它们富有意蕴，甚至还鼓舞人心，但它们却不精确，尽管它们已经在尽可能的范围内做到了这一点：这证明了我所主张的表现的自由。这些五花八门的劝导——如此漂亮又如此含糊——的价值就完全在人们对其附加的意义之中。

那些让人觉得真实的人物和环境将会最能感动人，激起人们的兴趣，然而真实的尺度是难以确定的。堂吉诃德的真实和米考伯先生[13]的真实有着细微的差别。这真实是如此受到作家那想象力的渲染，以至于它虽然可能是栩栩如生的，但人们也不愿把它树为榜样：对于学习者来说，可能会让自己面临一些非常令人困窘的问题。不言而喻，如果没有真实感，就写不出好小说来，但是建立真实感的方法却难以获得。人性广大无边，而真实感则有无数种形式。我们最能肯定的是，有些虚构的花朵有着真实的芬芳，而有些则没有；至于预先告诉你应该怎样捆扎成一个花束，那就是另一码事了。认为人必须从经验出发写作的观点既精彩又意义含糊，若是对我们假想中那个立志写作的人来说，这则宣言就带有嘲讽的味道了。它指的是哪一种经验呢？这经验从哪儿开始，又在哪儿结束？经验是无穷的，并且永无止境；它是广大的情感，是一种由最精细的丝线织成的巨大蛛网，悬挂在意识的洞穴中，捕捉飘浮到网内的空中微粒。这就是头脑运作的氛围，而当这头脑富有想象力的时候——如果是一个有天赋之人的头脑，这想象力就要丰富得多——它就会给自己带来生活中最细微的线索，把空气中每一次震动都变成启示。对一个住在乡村的年轻女士宣称，她只是一个闺中少女，对什么事都漠不关心，因此她也应该对部队一无所知，这在我看来十分有失公正。存在着比这更大的奇迹，借助想象力，她应该能够说出关于这些先生的真实情况。我记得有位英国小说家，她是位富有才华的女士，她告诉我说，她因为在一篇小说中对法国新教青年的个性与生活方式的看法而大获好评。人们问她是从哪里对这一鲜为人知的群体获得如此多的了解，并祝贺她能有这样独特的机会。然而这些机会主要在于她有一次在巴黎上楼梯的时候经过一扇敞开的门，屋内住着牧师之家，几个年轻的新教徒正围坐在晚饭后的餐桌旁。这一瞥制造了一个画面，它只持续了一刻，但那一刻却是经验。她获得了直接的个人印象，并且创造出了她的典型。她了解什么是年轻人，什么是新教；并且她也有了解法国人是怎么一回事，于是她把这些想法转变成了一个具体的形象，从而制造了真实。当然，首要的是，她拥有得到一点启示就能发扬光大的能力，这对于艺术家来说，比恰巧住在任何居所或地方所得到的力量都要大。能够从可见事物中揣测不可见的事物、探寻事物隐微的意义、根据模型判断全局、从总体上对生活的感受如此全面，以至于几乎能够了解生活的各个角落——几乎可以说，这些天赋都构成了经验，并且它们发生在乡村和城市，发生在受教育程度最具差异的阶层之中。如果说经验构成了印象，那么也可以说印象就是经验，就好像（难道我们不曾看见过吗？）它们正是我们呼吸的空气。因此，如果我一定要对一个新手作家说"从经验出发写作，并且只从经验出发写作"，却没有立刻小心地加上一句"努力成为那种让万事都对你产生影响的人"，我就会觉得这更像是一条愚弄人的忠告。

我绝不是要通过说这些来降低准确的重要性——以及真实的重要性和细节的重要性。人们可以从自己的喜好出发来尽可能地表达意见，因此我斗胆说明，对我来说，真实的气氛（细节描述的可靠性）是一部小说至高的品质——小说的其他优良品质（包括贝赞特先生提到的自觉的道德目的）都顺服地依赖于这一品质。如果没有它，其他优点都划归为零，而如果有了它，其他优点之所以发挥作用，都要归功于作者成功地制造了生活的幻象。在我看来，为获得成功而进行的耕耘，以及对这精细过程的研究，就形成了小说家艺术的开始和终结。它们是小说家的灵感、绝望、奖赏、痛苦和喜悦。正是在这里，小说家真正地表现了生活；正是在这里，通过试图去表现事物那传达出意义的样子，去捕捉颜色、凸显的轮廓、神色、外表和实质，小说家与他的画家兄弟一争高下。在这个层面上，贝赞特先生嘱咐写小说的人做笔记是具有启发性的。然而他记得再多也不算多，记多少也不能算够。全部的生活都向他展现出来，而哪怕去"表现"一个最简单的外貌、去制造一个最短暂的幻象，都是非常复杂的。如果贝赞特先生能告诉他该去做什么笔记，他的任务就轻松一点，规则也会更确切一点。但是，他恐怕无法从任何一本指南中学到这一点，这就是他得毕生致力于此的志业。为了筛选出一点笔记，他必须写下很多，并尽可能地将其整理出来，而且，在如何施行准则的问题上，即便那些可能对他最有助益的指导者和哲学家也千万不可打扰，正如我们让画家只和他的调色盘打交道一样。那条关于小说人物"必须有清晰轮廓"的建议，正如贝赞特先生指出的那样——他已经了然于心，但如何做到这一点则是他的守护天使和他之间的秘密。如果可以教导他说，大量的"描写"就能实现这一点，或者与之相反，不进行描写而去发展对话，或者不写对话而增加"事件"就会让困难迎刃而解，那就是简单到荒唐了。比如说，最有可能的是就他的性情而言，这些描写与对话之间的、事件与描写之间的那种古怪而刻板的对立是毫无意义和启示作用的。人们谈起它们时总好像它们之间有着非此即彼的冲突，而不是在每一刻都相互融合，成为在总体表现中紧密联系的各个部分。我无法想象在一系列的区块当中，写作还能存在，也无法设想在任何一部值得讨论的小说中有一段描写不意在叙事，有一段对话不是为了叙述，有任何一种真实性的风范无关乎事件的本性，或者一个事件的趣味性得益于其他任何来源，而不是得益于成功的艺术作品所具有的唯一来源——即在说明事物的层面上取得了成功。小说是有生命的，像其他有机体一样，它是一个具有连续性的整体。相应地，我想人们会发现当小说是有生命的时候，它的各个组成部分是你中有我，我中有你的。自称在一部内部结构紧凑的完整作品中探寻各个部分排列情况的批评家，恐怕会人为地制造一些边界，就像历史上已经为人所知的那些一样。现在存在着描写人物的小说和叙述情节的小说这一过时的划分，它一定曾经使那位对自己的工作满怀热情，立志成为小说家的人常常苦笑一声。我觉得这种划分，和同享盛名的小说与传奇故事之间的划分一样不切重点——也一样地不符合真实。有好小说也有坏小说，就好像有好的绘画作品，也有坏的绘画作品，但这就是我认为唯一有意义的划分了，并且我无法想象说一部小说是描写人物的，正如我不能想象说一幅画是画人的一样。谈论绘画的时候，人们会说到人物，谈论小说的时候，人们会讨论事件，这些术语可以随意调换。除了决定事件以外，人物是什么呢？除了表现人物，事件又是什么呢？无关人物的绘画或小说又是什么呢？我们在其中还寻找和发现什么其他的东西？一个女人手扶桌子站起来，用某种方式看向你，这就是一个事件；或者说如果这不算一个事件，那就难以说清这是什么。与此同时，它也是对人物性格的表现。如果你说没看到它（事件中包含有性格——得了吧[14]！），那这就正是自有理由认为他确实看见了的艺术家所要展现给你的东西。当一个年轻人认定他完全不够有信仰去像原计划的那样去教堂任职，那就是一个事件，尽管你或许不会急于翻到章节的最后去看看他有没有再次改变心意。我不是说这些属于非同寻常或令人震惊的事件。我也不会自称去评估它们会有多少趣味，因为这取决于画家的技巧。关于有些事件本质上就比其他事件重要得多的说法现在听起来简直是幼稚了，在坦承我唯一能理解的小说分类是分成有趣的小说和无趣的小说，以此来表达我对那些主要的劝导的同情后，我也无须再为这一条加以防备。

小说与传奇故事，记事的小说与写人的小说——依我之见，这些生硬的划分是批评家和读者们为了方便自己摆脱偶尔的困窘而制造的，但对写作者来说，它们既不真实，也无益处，而我们无疑正是试图从他们的角度来思考小说的艺术。同样情况发生在贝赞特先生显然打算设立的另一个模糊类别中——即"现代英国小说"。当然了，唯一不同的是在这件事上他的立场陷入偶然的混乱。我们并不清楚，贝赞特先生是意在让他提及的这些评论成为教导性的，还是历史性的。假定某人计划写一部现代英国小说和假定他计划写一部古代英国小说是一样难以做到的，这是一个回避问题的标签。一个人写一部小说，一个人画一幅画，用的是他们的语言，所处的是他们的时代。可是，唉！把它叫作现代英国并不能使这项艰巨的工作简单一点儿。很遗憾，人们不会再把作家同行的哪一部作品称作传奇——当然，除非在单指作品娱乐性的时候，比如霍桑 [15] 把他的福谷故事称为传奇。法国人使小说理论有了非凡的完备性，但我注意到，他们只给了小说一个名字，并且没有试图在小说内部做进一步细分。我想不到有什么职责是"传奇作家"不用和小说家一样承担的。对他们来说，实践的标准一样高。当然我们在谈论的是实践——小说中唯一可以互相竞争的地方。或许这一点常被忽视，于是便造成了没完没了的迷惑和误解。我们必须允许艺术家有他的主题、思想以及法国人称之为材料 [16] 的东西：我们的批评只适用于他由此而产生的结果。我不是说我们一定要喜欢它，或者认为它很有趣；要是我们不喜欢，那非常简单——别管它就是了。我们应该会相信，对于某些构思，即便是最诚恳的小说家也可能无计可施，而结果则会证实我们的想法，然而这失败却必须是实践的失败，这致命的缺陷是在实践中被记录下来的。如果我们自称完全地尊重艺术家，那我们就必须允许他们有选择的自由，即便在具体情况下，有无数的推断认为这个选择不会奏效。从对这些假定的公然挑战中，艺术得到了相当多的有益训练，而其中可以做的最有趣的实验就蕴藏在普通的事物中。古斯塔夫·福楼拜[17]曾经写过一个女仆钟爱一只鹦鹉的故事，这篇小说虽然非常完整，但总体上说不是一个成功的作品。我们完全可以觉得它平淡无奇，但我以为它原本可以十分有趣；并且就我而言，他写出了这篇小说就十分令人高兴：它让我们学习了什么可以做成——或者说什么做不成。伊凡·屠格涅夫[18]曾经写过一个关于一位聋哑农奴和一条哈巴狗的故事，这个故事感动人心，充满爱意，是篇小小的杰作。他切中了福楼拜所错失掉的生活的要害——他与那臆测对抗，并取得了胜利。

当然，什么也取代不了"喜欢"或"不喜欢"一部艺术作品这个老方法：最进步的批评也不会废除这一最原始、最终极的检验。我提到这一点是为了说明我并没有暗指一部小说或一幅画的思想和主题不重要。依我之见，它们是最重要的，而且如果让我来发出一个祈愿的话，那就是艺术家应该只选择含义最深厚的主题。正如我已经赶忙承认的那样，有些主题比其他的更有价值，并且那会是一个井然有序的宜人世界，在其中，那些想处理这些主题的人不会迷茫和犯错。恐怕，这种幸运的状况只有在批评家不再犯错的时候才会出现。与此同时，我要重申，如果我们不对艺术家们说以下这席话，那我们就没有公正地评判他们：

噢，我承认你应当有自己的出发点，因为如果我不这样做的话，就好像是在规定你应该做什么，而我不应该承担这样的责任。如果我自称要告诉你千万不要做什么，那么你就会叫我告诉你必须做什么。那样的话我就深深陷进去了。而且，我只有接受了你的资料，才能开始衡量你。这样我才有了标准和音调。我没有权力乱动了你的长笛，再批评你的音乐不好。当然，我可能一点也不在乎你的想法；我可能觉得这想法很愚蠢，或者过时了，或者不纯洁，那样的话我就完全不管你了。我可能会自认为你将来不会引起人们的兴趣，不过当然我不会想要表达出这一点来。我们对彼此都漠不关心，我无须提醒你说这世上有各式各样的喜好：咱们谁对此更了解呢？有些人，因为很好的理由而不喜欢读关于木匠的内容；而另一些人则因为一些更好的理由不喜欢读关于妓女的内容。还有许多不喜欢关于美国人的。有的（我想他们当中大部分是编辑和出版商）不会对关于意大利人的内容看上一眼。有的读者不喜欢安静的主题，有的读者不喜欢热闹的。有的从彻底的幻想中获得乐趣，有的则认为这是对意识的巨大折损。他们根据喜好选择自己的小说，并且如果他们不在乎你的想法的话，那就更不会在乎你怎么处理它们。

于是很快回到了我之前提到的喜欢的问题上：即便左拉先生——他的表达比他的逻辑更有力量，并且他不认同喜好具有绝对性——认为有些事物是人们应该并且可以使他们去喜欢的，我却难以想象有什么东西（至少在小说这个问题上）是人们应该喜欢或不喜欢的。选择这个过程当然是顺乎自然的，因为它背后有着持续的动机。这动机也就是经验。只要人们感受生活，那么就能感受到与生活联系最紧密的艺术作品。这种关系的紧密性是我们在讨论小说的力量时永远不应该忽略的。许多人在谈论小说的时候都把它当作是一种不自然的、人为的形式，一个精心创造出的产物，一项去更改、安排我们周围事物的工作，从而把这些事物转化成约定俗成的传统模式。然而，这种观念却把我们带到了一条小道上，把艺术贬低为对一些陈词滥调的无限重复，切断了它的发展，直接把我们引到了死胡同。能够让小说立足的不竭之力，在于试图抓住生活独特的音调和诡计，以及它那不规则的奇特节奏。相应地，如果我们在小说展开的世界中看到未经改编的生活，就会感到触及了真实；而如果我们看到生活经过了重新的安排，就会感到是被一种经由更改、符合惯例的生活替代品给搪塞了过去。关于这种对生活的重新安排，我们常能听到充满信心的把握，仿佛这就是艺术的最新成就。在我看来，贝赞特先生关于"选择"所发表的十分轻率的言论就有陷入这种大错的危险。艺术本质上是一种选择，但选择主要是为了变得独一无二。对于许多人来说，艺术意味着玫瑰色的窗玻璃，而选择意味着给格伦迪夫人[19]挑一束鲜花。他们会口口声声地告诉你艺术与令人讨厌的、丑陋的东西无关；他们会飞快地说出一些肤浅的关于艺术范围和界限的老生常谈，直到你对这种无知的范围和界限回报以惊讶。对我来说，如果一个人没有意识到他有了大量增多的自由——一个出乎意料的发现——他就不可能进行严肃的艺术尝试。只有受到了自由的启示，经由天堂之光的辐照，人才能意识到艺术的范围就是全部的生活、感受、观察和想象。正如贝赞特先生不无公正地暗示的那样，就是全部的经验。对于那些主张不要去触碰生活中悲伤之事的人来说，那就是最好的回应。这些人在艺术神圣和无意识的胸膛上刺入那些粘在杆子一端的各种小的禁令，就像我们在公园看到的那样："禁止踩踏草坪；禁止触摸花朵；禁止带入犬类；禁止在天黑后停留；请保持右行。"如果没有鉴赏力，那个一直在我们想象中的有抱负的青年写作者就会在小说中无所作为，因为在这种情况下，他的自由对他来说就没有用处；而他的鉴赏力带给他的第一个好处就是让他知道那些小杆子和标签牌是多么不合理。我必须要补充的是，如果他有鉴赏力，那么他必然也会有善于发明创造的能力，而我刚刚提及这种能力时的不尊敬不是要表明它对小说没有用处。只是它的作用是次要的，首要的是能够对直接印象做出反应的能力。

贝赞特先生关于"故事"的问题有一些评论，虽然它们对我来说似乎有种怪异的模糊性，但我将不会对此做出批评，因为我想我没能理解它们。我不明白为什么把小说说成是似乎其中一部分属于故事，而另一部分由于某些难以理解的原因就不属于故事——除非这种划分是在这样一个意义上成立的：即很难设想任何人应该试图去表达任何东西。"故事"，如果它表达了任何东西，那就是小说的主题、思想，以及素材；并且肯定没有哪一个"流派"——贝赞特先生谈到了流派——极力主张小说应该只关乎处理手法而没有主题。小说一定要有一个进行处理的对象，每一个流派都熟知这一点。在这个意义上，故事就是小说的构思和出发点，我认为也只有在这个意义上，才可以说故事和小说的有机整体有所区别；并且作品越是成功的，它的思想就越是散布和贯穿其中，赋予作品生命，于是每一个字词，每一个标点符号都直接地促进了表达，我们就越感觉不到小说的故事是可以或多或少拔出刀鞘的锋刃。故事和小说，思想和形式，就好像是一对针线，我从未听说哪个行会裁缝会建议只用线不用针，或只用针不用线。贝赞特先生好像并不是第一位说过生活中有的事情可以构成故事，而有的则不可以的批评家。我在《蓓尔美尔街报》上的一篇有趣的文章里读到了同样奇怪的含义，这篇文章恰巧是献给贝赞特先生演讲的。"故事就是关键！"那个优雅得体的作者如是说，带着一种仿佛和另一个什么观点相对立的语调。我应该赞同这个观点，就好像每个艺术家在呈送自己作品的期限将近时，发现自己仍然在追寻一个主题一样——像每个慢半拍的，还没有确定自己主题思想的艺术家一样，会非常赞同这一观点。有些主题能引起我们的共鸣，有些则不可以，而聪明人会想要制定出规则——一个禁书目录——通过它，人们就能分辨故事和非故事的差异（至少对我来说）。这样的规则是不可能不独断专行的。《蓓尔美尔街报》的作者把《疤面玛歌》这部（在我看来）令人愉快的小说与某些故事对立起来，因为在其中"波士顿少女""因为心理上的原因拒绝了英国公爵的求婚"。我对刚才提到的传奇不甚了解，也很埋怨《蓓尔美尔街报》上的批评家没有提及作者的姓名。不过从题目上看，似乎指的是一位在某次英雄历险中留下伤疤的女士。我因为不了解这段故事而十分难过，不过，我也非常不理解为什么这本书算一个故事，而其中拒绝（或接受）公爵却不是故事，以及为什么心理上的原因或其他什么原因不是一个主题，而伤疤却可以是主题。它们都是丰富生活中的一小部分，是小说会讨论的内容，宣称要规定小说可以涉及这个主题而不能涉及那个主题的教条，在任何时刻都不会成立。如果小说是真实的，那它就必须认可这一点，反之亦然。

在我看来，贝赞特先生宣称故事必须包含冒险或奇遇，否则就不算是故事的做法没有使这个问题变得明了。他提到了一类不能被接受的事物，其中包括了"没有冒险或奇遇的小说"。为什么是没有冒险或奇遇，而不是没有婚姻、独身生活、分娩、霍乱、水疗法，或者詹森主义呢？在我看来，这似乎是让小说又变回了那不幸的、人为精巧设计而成的卑小事物——贬低了它原本在与生活宽广且敏锐的一致性中所体现出的宏大而自由的品质。并且，当提到冒险、奇遇的时候，到底指的是什么呢？那个言听计从的写作新手要凭借什么标识来确认它呢？对我来说，写这篇小文章就是一次冒险——一次大冒险；而我想说，对波士顿少女来讲，拒绝一个英国公爵的冒险程度仅次于英国公爵被一个波士顿少女拒绝。我看到戏中有戏，以及无数的视角。在我想来，心理动因具有十分迷人的画面感；要想用色彩表现这一情形的话——我感觉这想法会激发一个人做出提香式的努力。简而言之，没有多少事物比心理动因更能激动人心的了，然而，我要声辩，小说对我来说是最宏伟的艺术形式。我最近在读罗伯特·路易斯·史蒂文森[20]先生那令人愉悦的小说《金银岛》，与此同时也在断断续续地读着爱德蒙·德·龚古尔[21]最后一篇名为《亲爱的》的小说。它们中有一部包含了谋杀、悬疑、臭名昭著的岛屿、死里逃生、奇迹般的巧合，以及埋在地下的达布隆金币。另一部则是关于一个住在巴黎漂亮房子里的法国小女孩因为没人娶她而死于心碎。我说《金银岛》是令人愉悦的，因为对我来说它极为成功地实现了自身的意图；并且我也要斗胆地说《亲爱的》平淡无奇，我深深感到它非常糟糕地没能做到自己想做的事——去追寻一个孩子的道德意识的发展。但对我来说，两者同样都是小说，同样都包含有一个"故事"。一个孩子的道德意识和西班牙大陆美洲[22]的岛屿一样都是生活的一部分，它们中一个的地理环境在我看来和另一个的心理环境有同样多贝赞特先生说的那种"惊奇"。对我自己来说（因为正如我说，它最后的底线是回到个人喜好的层面），对孩子经验的描绘有一个优势，那就是我可以逐步地（这是一种巨大的享受，接近贝赞特先生的批评家在《蓓尔美尔街报》上所说的"感官享受"）对艺术家的描绘表示赞同或否定。我确实曾经是个孩子，但却只能在假想中去追寻一份埋藏着的宝藏，那么仅仅是出于偶然，我对龚古尔先生的大部分创作都应该否定。而当乔治·艾略特[23]用一种完全不同的智慧去描绘那个村庄的时候，我总是赞同。

遗憾的是，贝赞特先生演讲中最有趣的是最短小的那一段——他粗略地暗示小说应有"自觉的道德目的"的部分。同样地，这里不能确定贝赞特先生是在记录一个事实，还是在制定一条准则；非常可惜的是，在后面一种情况里，他没有进一步引申自己的观点。这一问题的分支十分重要，而贝赞特先生的寥寥数语就表明了最充分的思考，让人无法轻易忽视。他本可以去探讨小说的艺术，但他停留在表层，没有打算对此进行全面彻底的思考。因此，在做出这些评论的开始，我也谨慎地提醒读者，我关于如此大的一个主题的思考并非全面彻底。和贝赞特先生一样，我也把小说道德的问题留在了最后，而我最终发现篇幅已经用完了。这是一个围绕着各种困难的问题，我们一开始就碰到的，那个以一个确切问题的形式出现的困难就是对此的证明。在这样的一场讨论中，模糊不清是致命的缺陷，而什么是你所说的道德和自觉道德目的呢？你能够在不定义这些术语的情况下解释一幅画面（把小说视为一幅画面）怎样是道德或不道德的吗？你想要画一幅道德的画，或者雕刻一座道德的塑像：你能告诉我们如何着手去做吗？我们讨论的是*小说的艺术*[24]；关于艺术的问题（在最广泛的意义上说）是关于实践的问题；道德问题是非常不同的另一码事，难道你不想让我们看看你是怎样发现这两者可以轻易混在一起的？贝赞特先生十分清楚这些问题，因此他从中推断出一条他发现在英国小说中所体现出的准则，并且这条准则"是一件极好的事，十分值得庆贺"。如果这么一个棘手的问题变得和丝绸一样平顺，那这确实是十分值得庆贺的。我要补充的是，就贝赞特先生认为英国小说实际上主要致力于这些微妙的问题上而言，他的发现对于许多人来说是徒劳无益的。与之相反，这些人绝对会深深感到一般英国作家的道德胆怯：他们讨厌面对描绘真实时会遇到的重重困难。因此他们常会十分胆怯（然而贝赞特先生所描绘的景象却是勇敢无畏的），并且其作品的标志大体上就在某些问题上保持谨慎的沉默。在英国小说（当然还有美国小说）中比在其他任何小说中都更加存在着一种传统的区分，它区别了人们所知道的和他们愿意承认自己所知道的、他们所见的和所说的，以及他们感觉到是生活一部分的和他们允许被写进文学作品的。简而言之，他们在交谈中所说的和在书中所说的之间存在着巨大的差异。道德能量的核心是去探究全部的领域，而我应该把贝赞特先生的观点反过来说，不是英国小说有着一个目的，而是它有胆怯之心。我不去探求在何种程度上，一个艺术作品的目的会成为它败坏的源头。对我来说最不危险的目的就是创作一个完美的作品。至于我们的小说，我对此最后要说的是，我深深感到我们今天在英国读到的小说在很大程度上是写给"年轻人"的，这本身就形成一种论断，认为英国小说是胆怯的。人们普遍认同，在年轻人面前，有些事情不要去讨论，甚至不要提及。这很好，但是不讨论不代表着有着道德热情。因此，英国小说的目的——"一件极好的事，十分值得庆贺"——让我感到更多是消极的。

道德感有一点和艺术感是非常接近的，那就是鉴于这样一个明显的事实：一个艺术作品最深层的品质总是创作者思想的品质。相应地，如果思想是有智慧的，那么小说、绘画、雕塑也会带有美与真的要义。据我之见，去拥有这样的品质就是足够有目的的了。一个浅薄的头脑无法创作出好的小说，这条公理对我来说就包含了一个小说家所需要的全部道德立场：如果那个有抱负的年轻写作者把这一点放在心上，他就会明白许多关于"目的"的奥秘。另外还有许多有用的东西可以说给这位年轻写作者听，但我的文章已经接近尾声，所以只能将其一笔带过。我之前引用过的《蓓尔美尔街报》批评家在谈及小说艺术的时候提醒大家注意归纳总结的危害。我认为，他所想的那种危害毋宁说是列举演绎的危害，因为除了那些贝赞特先生具有启发性的演讲中所谈到的观点外，还有一些概括性的评论不妨讲给那个天真的学生听，而不要怕会误导他。我首先要提醒他的是，那展现在他面前的艺术形式是多么宏伟广阔，它不设限制，且包含有无数的机会。相比之下，其他艺术则是有限制和束缚的，它们得以应用的条件十分严格和确切。但是，正如之前已经谈到的，我唯一能够想到的一个创作小说的条件就是真实。这自由是一种极大的幸运，而青年小说家要学习的第一件事就是对得起这种幸运。我应该对他们说：

尽情去享受它吧！利用它，探索它到极致，宣扬它，以它为荣。全部的生活都属于你，不要听那些把你禁闭在生活的角落里，或者告诉你艺术只栖居于这里或那里的人的话，也不要听从另一些人，他们告诉你艺术这一神圣的信使完全地在生活以外飞行，她呼吸着至高无上的空气，把头从事物的真相那里转开。没有任何一种对生活的看法，也没有任何一种去观察生活和感觉生活的方式，是小说家的计划也不能为其找到一个位置的。你只需要记得，像大仲马[25]、简·奥斯汀[26]、查尔斯·狄更斯和古斯塔夫·福楼拜那样彼此才华如此不同的作家们，在写作小说的领域仍然享有同样的荣誉。不要对乐观主义还是悲观主义考虑太多，尝试并抓住生活本身的色彩。在当今的法国，我们看到了巨大的努力（埃米尔·左拉的努力，他那些扎实、严肃的作品使得任何一个探索小说力量的人在提及它们时都不得不带有敬意），我们看到了非凡的努力，但它们却因为狭隘的悲观主义而受到损害。左拉先生是出色的，但一个英国读者却觉得他愚昧无知。他有一种在黑暗中写作的姿态，如果他拥有的光明可以和能量一样多，那么他的成就便会是最大的。至于说肤浅的乐观主义的偏差和越轨，地面上（尤其是英国小说的）已经撒满了它们碎玻璃一样的碎片。如果你一定要沉湎于结论中的话，那就是让他们去获取广博的知识吧。记住，你的首要职责是尽可能地做到全面——去创作一个尽可能完美的作品。要慷慨，要精细，要追求崇高的目标。

我们为何偏爱屠格涅夫[1]

他能欣赏我们所有的情感，
并且对我们灵魂的复杂性抱有深切
的同情。

我们知道有一些杰出的批评家在面对"谁是当今最优秀的小说家"这个问题时，会毫不犹豫地回答说"伊凡·屠格涅夫"。比较总是招人讨厌的，我们绝非想制造任何只是引起反感的对比。我们引用朋友们的评判是为了激励自己简短记录下我们的看法。这些想法同样是最为人赞许的，并且虽然我们不想强加一个结论，但希望能够帮助表示赞许的读者们获得更大的愉悦。许多这样的人已经模模糊糊地知道屠格涅夫是一个杰出的俄国小说家。十二年前，他还仅仅是一个名字，甚至在法国——现在他在这个国度应该是找到了最喜爱他的读者群体——也是如此。但是如今，我们相信他全部的小说都无一例外地被译成了法语——有些是他自己翻译的；一个杰出的德语版精选集正在他的指导下出版，英美两国也出现了一些相当好的英文版本。他享受这所谓的欧洲名声，并且这声誉还在传播。俄国人——他们的小说创作发展十分繁荣——就把屠格涅夫视为最伟大的艺术家。他的小说数量不算多，并且其中有许多是短篇。他给我们的印象是写作更多地是为了爱，而远非为了利益。他尤其被那些趣味高雅的人视为最喜爱的作家；而我们认为，去阅读屠格涅夫就是获得高雅趣味的最佳方式。

一

他属于那种少数非常一丝不苟的作家。从一开始，他就被公认为是一个热情积极的才子，而非学富五车的那种类型。他创作的方式是依靠精细的观察。他没有那种敏捷、热情，几乎是冲动的即兴创作天赋——那是沃尔特·司各特、狄更斯和乔治·桑[2]所拥有的才华。这种天赋对小说家来说是巨大的魅力，基本上在我们看来就是最大的魅力。但屠格涅夫先生身上没有，他通过其他方式吸引着我们。如果用最简短的词语来描述他的话，那就是他是一个做笔记的小说家。这肯定是他持续了一生的习惯。他的小说就是一本记满了短小的纪实事件、逸闻轶事以及个性描写的杂志，它们和那些只言片语一样都是从生活中摄取而来。如果我们没弄错的话，屠格涅夫先生记下了人物的习性癖好、谈话的片段、一个态度、一个容貌，并且如果有需要的话，就保存二十年，一直等到能用上它们的那一刻，直到为它们找到了用武之地。

斯塔霍夫的法语说得不错，并且由于他过着一种宁静的生活，于是被称作是个哲人。即便只是个准尉军官的时候，他就喜欢热烈地争论各种问题，比如，一个人能否在一生中游遍世界的每个角落，或者他是否可以了解海底发生的事情，而他总是认为这都不可能。

写出这一段描述的作者可能有时候水准参差不齐，但他永远不会不准确。他有热情去追求清晰明确，喜欢集中一点来进行人物刻画，喜欢通过举例来表明他的意思。实际上，他常常让我们感到他因为细节本身而热爱细节，就好像一个藏书迷热爱他那些从来不读的书。他所有的人物都是一幅幅肖像，他们各自都有其他人物身上没有的独特之处，这使他们免于那种得体的平庸。我们记得在他的一篇小说中，有一位举办晚宴的绅士短暂地亮了一次相，小说在描述了他的长相、衣着和举止之后，说到他桌前的汤里盛满了面团做成的各种形状，有心形、三角形和喇叭形。在作者看来，这位尊贵先生的个性与他面条的扭曲形状之间有着紧密的联系。这种通过栩栩如生的怪异之处而使人物具有特殊性的习惯就好像一个深坑，狄更斯就敏捷地踩着绳索跳了过去。但正如我们所说，狄更斯是一个即兴作家，创作于他而言就是一场无拘无束的想象力狂欢。而在另一面，屠格涅夫先生总是按部就班地坚持写作。还有什么能比下面这段描写更加精细详尽，但同时又不那么像狄更斯式的呢？

圣彼得堡的人们仍然记得公爵夫人 R。她在我们谈论的那个年代时常露面。她的丈夫是个有教养的人，但却相当愚蠢，并且她没有孩子。公爵夫人曾经突然出门长途旅行，而后又突然回到俄国。她的所作所为总是非常奇怪，被人认为是卖弄风情的轻佻女子。她曾经热情地投入世间的一切欢娱之中：跳舞跳到筋疲力尽地摔倒、在她昏暗的客厅与晚宴前招待的青年男子们嬉笑、到了晚上又彻夜地祈祷和哭泣，一刻也不消停。她常常在自己的房间里待到清晨，痛苦地伸着胳膊；抑或压在一本翻开的赞美诗集上低头祷告。当白天来临，她又变成了一个优雅的女人，出门访友、欢笑、闲聊，急匆匆地去赶赴任何一场消遣之事。她的身形极好。她的头发是金色的，又像金子一样重，压得她连膝盖都感受得到。不过她又算不上一个美人：她的脸上除了眼睛一无是处。甚至可能连这么说都过誉了，因为她的眼睛是灰色的，而且很小；但这双眼睛那热情深切的凝视无忧无虑，以至于毫无忌惮，同时又虚幻得倍显凄凉，既神秘又富有魅力。即便她在说着那些最无用的空话时，这双眼睛里也映射出不寻常的东西来。她的打扮总是过于张扬。

这段描写似乎有着史学记载的分量。这是公爵夫人 R，而不是其他任何人。我们感到作者仿佛可以给我们展示档案和遗物；仿佛他拥有她的肖像、一沓信件，以及一些旧首饰。或者从这篇极好的小说《路边客栈》中摘取一段：

他属于市民阶层，名字叫纳胡姆·伊万诺夫。他的身材厚实短小，肩膀宽阔，头大而圆，虽然还不到四十，他卷曲的长发已经斑白。他的脸红润饱满，前额很低，又有些苍白。他那双小眼睛蓝得清澈，样子很怪，既躲躲闪闪又粗鲁放肆。

因为脖子太短，他的头总是低着；他健步如飞，却从来不摆动双臂，总是让它们紧贴身体。当他笑的时候——他总是笑，但从不出声，如果要出声也是偷偷地——他的红嘴唇就别扭地分开，秀出一排非常洁白、非常紧密的牙齿。他说话很快，带着低吼的语调。

当小说用这种方式写出来的时候，我们就会相信自己所读到的东西。在作家对风景的描述中，我们能够发现同样的生动与精确：

天气一直晴朗；小片圆圆的白云在高空中飘荡，在水中映出倒影；芦苇摆动着身躯，风过无声；从某处望去，池塘像一片锃亮的钢铁，吸收着灿烂的阳光。

在一篇优美的小说《幻影》中，这一小段对彭甸沼地的描绘里甚至体现出更好的真实性，因为它触及了不真实的东西，却没有因此被带入歧途：

云朵在我眼前散开了。我开始注意到脚下是一片无垠的平原。我从那吹拂脸颊的温热的风里就已发觉，我已经不在俄国了。并且，这平原和我们俄国的平原不一样。它广阔、昏暗，显然寸草不生、荒无人烟。在整片广袤的地面上，只在这里那里闪烁着一些积水池，仿佛碎镜片一般。在远处，沉默平静的大海依稀可见。在大片美丽的云朵之间闪烁着明亮的星星。一阵嗡嗡声在每个角落里回荡，其中有千百种声音混在一起，不停歇，却也不吵闹；这阵富有穿透力的、令人昏沉的声音怪异地环绕着四方，这荒野的夜声……"彭甸沼地"，埃利斯说，"你听到蛙声了吗？你闻到硫黄味了吗？"

许多读者会说，这是种冷峻的写法，而它确实有着冷峻的一面，但是当人物在真正激发作者想象力的那一个时刻，它就成为一种获得动人效果的绝佳方式。没有哪篇小说比《叶连娜》[3]更能给人留下一个丰富且诗意的印象了，我们把所有轻信的柔情都献给了女主人公。然而，这一理想化，且具有牺牲性的精致形象并非在雾朦胧、月朦胧的浪漫氛围里浮现在作者的幻想之中，她像一尊希腊雕塑一样坚固而美丽。作者最大的愿望就是去理解她，于是他带着法官，甚至医生的那种公正，详尽地描述了她的外貌与习惯的种种细节。屠格涅夫先生用同样的方式描写了他所有的女主人公，这也证明了他的艺术作品是多么精妙，因为如果说没有哪部小说的女主人公能比她们让我们看得更清晰的话，那么也没有哪位女主人公能让我们爱得更热切。在小说这一百花齐放的领域中，很难说出还有哪一群年轻的姑娘比屠格涅夫先生笔下的叶连娜、丽莎、卡嘉、达吉亚娜和杰玛更散发着少女的魅力。因为真实的情况是，总体来说，一方面屠格涅夫先生明显地缺乏创造虚构的能力，但在另一方面，他又重新获得了所缺失的东西。如果说他是那种深刻的现实主义者，一个专心认真的观察家，那么这种性情就使他在观察人类生活的盛景时，比任何小说家都更全面、公正和富有智慧。即便在一方面，他仍然用其特有的精确方法来写作，人们认为他划分了几类素材，并且逐个来写——确实，他没有像巴尔扎克那样标榜自己要展示人间喜剧——但他有着深切的欣赏万物的智识冲动。我们以为，除了乔治·艾略特以外，他在生活中所关心的事物比其他任何小说家都多，也在更多层面有所探求。沃尔特·司各特关心的是历险、勇气、荣誉、歌谣里的人物，以及苏格兰农民们的幽默；狄更斯以一种非常广博且多元的方式关心那些不协调的、滑稽的和可悲的事；乔治·桑关心爱情和矿物学。不过这三位作家还非常地，甚至是极度地在意他们的故事，在意这些故事里的突转和意外，在意他们手头上那供读者消遣的作品。甚至连乔治·艾略特，虽然她还在乎很多其他东西，但却也有一个弱点，那就是制造圆滑而没有棱角的情节，并且她常常在小说中插入一些呆板机械的片段，在其中，小说就失去了道德伦理上的统一性。《米德尔马契》中的布尔斯特洛德与莱弗士的片段，以及《费利克斯·霍尔特》的整个故事都是典型的例子。正如我们所言，从形式上看，屠格涅夫先生缺乏这种专注的创造性，但从实际上说，他真的几乎没有不关心的事情。社会的各个阶层、各种类型的性格、贫穷或富裕、各式各样的行为方式都在他笔下出现；他的想象力把所有一切都同样地纳入其中，无论是在城市还是乡村，无论是在富人还是穷人、聪明人还是傻瓜、粗通艺术的人还是农民之间，无论是悲伤还是欢乐、合乎常理的还是奇异古怪的。他能欣赏我们所有的情感，并且对我们灵魂的复杂性抱有深切的同情。他在《木木》这篇小说中讲述了一位聋哑农奴及其宠物狗的过往，在《奇怪的故事》中描绘了非常特别的宗教狂热。他有着不停转换视角的热情，但他的目标一直不变——那就是找到一个确确实实有意思的事件、人物，或者情形。这是他很大的优点，也表明了那在貌似对细节过分关注的表面之下潜藏着的和谐一致。他认为艺术的"主题"有其内在的价值，在他看来，有的主题微不足道，有的则很重要，而重要的主题是最好的，它们好就好在让我们更深入地了解人类的思想。在内心深处，屠格涅夫先生总是努力在观看，虽然他常常把目光投向非常昏暗的缝隙之中。他的小说中有许多人物是愚笨和低能的人，或许没有什么比这更能说明他一丝不苟的心态。很少有作家不被由于精神缺陷而导致的古怪和异常所吸引，但吸引屠格涅夫先生的还不止于此——还有那仿佛是透过一块破碎的窗玻璃去观察人性构造的机会。人们可以从他的各种作品中凑集一大群无能的、被生活抛弃的人。而他笔下那些富人的出身背景里几乎总藏着一些荒唐、愚笨、贫穷的亲戚，他们就在不远处徘徊着，似乎是在模模糊糊地提醒人们，人的财富和智慧都是不持久的。比如乌瓦尔·伊凡诺维奇这个人物在《叶连娜》里就好像是一出悲剧里没有台词的演员，他呆坐着，若有所思地望着，手指合上又张开，然后就在他这里，在这一姿势上，全剧戛然而止。也许屠格涅夫先生所有小说中最感人的地方——感人而非煽情，就像我们说的，是生动地向我们展示人类所有弱点的共性——就是主人公因为痛苦而变得低能。如果要复述那篇出色的短篇小说《旅长》就只会糟蹋了它，我们诚意地推荐读者去阅读它的法译本。从来没有哪部小说像这样低下身段去描写卑贱的道德堕落，但也没有哪部作品像它这样获得了那么多由人性的真相而散发出的馨香。对于那些只会读屠格涅夫先生一篇作品的人来说，我们也许应该把这篇小说作为最能代表屠格涅夫先生独特才能的作品来推荐。因为在这篇小说中，作者既是艺术家，又是分析家，并且都发挥到了极致。所有严厉的批评都或多或少地有失公正，并且，说我们的作家仅仅是一个犀利且深刻的观察家也是不全面的——它用来形容任何真正的小说大师都是不全面的。屠格涅夫先生的想象力总是帮得上忙，并且能自行地发挥作用。他有些作品十分精致，并且没有什么能比《狗》《一个犹太人》《幻影》《叶尔古诺夫中尉的故事》《三次相遇》，以及《猎人笔记》中的若干篇目更奇特有趣的了。想象力引领着他手中的笔，并调整着他的手法，使艺术家称得上是一位观察者。一言以蔽之，他对万物都富有感情。一方面，在对生活中可感的事物——色彩、气味、形式，以及无数不可言喻的美的精妙与魅力——所具有的敏锐体察中，他和最有才华、最具代表性的法国小说家并驾齐驱，甚至还更胜一筹；而在另一方面，他能理解人的宗教冲动，对苦行的热情，对色彩、气味、美都无动于衷的能力，这些是巴尔扎克、福楼拜、奥克塔夫·弗耶[4]和古斯塔夫·德罗兹[5]从来不去想的。他在《贵族之家》中为我们带来了丽莎，在《春潮》中则有波洛索夫太太，这标志着他视野的宽广。最后，让我们再补充一点，他最突出的优点在于形式。他的写作极为简洁，作品中没有几部小说能达到中等篇幅，而其中最优秀的一些只有三十页而已。

二

屠格涅夫先生的主题都是俄国式的，他的小说中时不时会出现一些其他国家的场景，但小说人物却总是纯正的俄国人。他描绘的是俄国式的人性，这使他困惑、着迷，同时又深受启发。像所有伟大的小说家一样，屠格涅夫先生的作品有着强烈的故土气息，这会让读完了他所有作品的读者产生一种奇怪的感觉，仿佛是获得了一段关于俄国的漫长经历。我们似乎在梦中到那里旅行，在另一个存在空间里就居住在那儿。奇怪的是，屠格涅夫先生让我们感觉他和祖国格格不入，可以说他与故土之间有着一种诗人式的不和谐。他怀恋过去，并且无法看到新的趋势是走向哪里。美国读者会特别理解这样的想法；如果他们也有一位本土大作家的话，那在一定程度上，这也很可能会是那位作家的想法。屠格涅夫先生强烈地感受到俄国人的性格，并且在想象中怀念着它所有过去的样子——未解放的农奴，无知、专断、半野蛮的地主，古朴的乡村社会，各种地方风俗。然而俄国社会和我们的社会一样，都在形成与发展的过程中，俄国人的性格在变化的浪潮中动摇不定，而经历了改变，现代化了的俄国人带着过去的局限和新的狂妄，这之于那个对过去的恒久静止还恋恋不舍的想象来说，却不是个好的现象。正如我们有必要指出的是，屠格涅夫先生作为一个彻底的讽刺作家，对他同胞中流行的新思想风气是毫不留情的。他的一部小说《父与子》有一个明确的目的就是对比新老思想；而在他最近出版的一些作品中——最著名的是《烟》——这些新思想体现在各种怪异的人物身上。

然而，让我们的作者先生一举成名的不是他的讽刺，而是他那些温暖、诗意的描绘。《猎人笔记》出版于 1852 年，它的两位法文译者的其中一位曾说，人们认为这部作品对俄国农奴制问题的贡献相当于斯托夫人的名著《汤姆叔叔的小屋》对美国奴隶制问题的贡献。这种说法或许有些牵强，因为屠格涅夫先生的这部小说让我们感到更多的是无关功利的艺术作品，而非热情激昂的纪实报道[6]。当然，客观环境对它有所助益，并且它留下了一个深刻的印象——即它证明了就俄国读者来说，没有不重要的文化。因为从来没有哪部有着鲜明立场的作品能像这样——用画家的话说——始终保持灰暗色调。作者向我们展示的丑恶勉强够多，于是只有十分留心的读者才能领悟它的教益。没有一个片段在确实地批评俄国"独特的制度";其教谕隐含在用各种精妙的手法描绘出的一个个例证之中——隐含在那启发聪明读者思考的伤感回味中。对于那些倾向于在关于"为艺术而艺术"的问题上持鲜明立场的人来说，没有哪部作品比它有更好的教谕意义。作为一个重要的典范，它展示了道德内涵如何赋予形式以意义，而形式又如何反过来凸显了道德内涵。确实，《猎人笔记》表现了作者所有独特的优点，它有着某种不老练的结构上的松散，吸引了许多认为屠格涅夫先生后期作品在形式上过于朴素的读者。毋庸置疑，这部作品在屠格涅夫先生的所有创作中是最令人愉悦的。我们尤其推荐关于守林人福马的那个小故事，在一个雨夜，当叙事者在他的木屋里避雨时，福马听到有个农夫在滴着雨的黑暗树林里偷木柴，福马冲上前去抓住了他，把这可怜的贼拽进木屋，推向了墙角，然后坐在那烟雾弥漫的小屋里一直审问他（我们意识到作者也在现场，对所发生的一切进行观察、感受和评判），其时，雨不停地敲打屋顶，那个浑身湿透的农夫饿着肚子，哀号着、呜咽着、诅咒着。我们从未读过能在如此短的篇幅内表现出这样凄惨且真实的作品——如此令人悲悯，而不是假模假式地表现出哀伤。在这种情形下，就像每每读到屠格涅夫先生的时候一样，我们会边读边喃喃道，"这就是生活本身"，"而不是其他小说家或多或少更精明的对生活的'编排'"。在很大程度上，屠格涅夫先生配得上这样的赞誉，因为和那些为了引起同情以至于伤害了理解力的忧郁哀怜派作家不同，"生活"在他笔下远不是对卑鄙之事产生郁郁寡欢之情。他对所有美好的事情也给予了同样的肯定——令人愉悦的肯定——给经验中所有帮助它保持在传奇范围内的事情都给予了肯定。有两则猎人的笔记最具有无以言表的魅力——一则是在一个温暖的夏夜，猎人躺在草地上听两个被送到牧场来看马的小男孩坐着谈论关于妖怪和精灵的事情；另一则非常优美地描写了两位衣衫褴褛的农奴在酒馆比赛唱歌。第二则就是一首完美的诗歌。与这两篇非常不同，但有其自身特点的是《一位俄国哈姆莱特》这个故事，它讲述猎人在享用晚饭后，在同一所精致房子里过夜，并和一位穷绅士共居一室，这位绅士躺在床上，怪异地越过床单望着他，讲述了自己悲哀的过往。这则故事比其他各篇都更具有贯穿在屠格涅夫先生小说中的那种道德内涵。

紧接着出版的《罗亭》也许最有力地证明了屠格涅夫先生倾向于选择以人物为出发点的主题——如果有必要的话，还会是以病态人物为出发点的主题。我们近来没有机会回顾这部小说，但我们还记得它引人入胜的优点——即它富有心理的真实，而不为通常的心理学系统所阻碍。这一主题对于想象力贫乏的人来说可能没什么意义——它展现了一个异常不完整、未定型、未完成、不适于通常传奇小说性格的人物。和屠格涅夫先生笔下许多主人公一样，德米特里·罗亭是一个道德上的失败者——他是那些有着极为复杂的天性、给朋友们带去欢乐和痛苦的人物之一；他可能会，然而也显然可能不会成就大事；他的个性强烈地体现在冲动、交谈和情绪反应中，却在意志、行动、独立感受和行动的能力上十分软弱。乔治·桑夫人的《贺拉斯》是对这类人的一项广泛且不受约束的研究，它对想象力丰富的人来说总是很有趣，而对理性的人来说则难以忍受；屠格涅夫先生描绘的主人公是一幅精细的微型画像。如果不读《罗亭》，我们就不能知晓屠格涅夫先生的笔触能精细到什么程度。但是，如果不是屠格涅夫先生一直都在一丝不苟地做一个剧作家，他带着他那精准的心理描写就和乔治·桑夫人带着她那广博的综合性一样，很可能会成为一个空洞的讲述者和沉闷的小说家。在他笔下，任何事都采用了戏剧的形式，显然他无法脱离戏剧形式去构思任何东西，他无法认出未经具体化的想法。对他来说，一个想法必须是如此这般的一个个体，有着如此这般的鼻子和下巴，戴着如此这般的帽子，穿着如此这般的西服背心，这想法与个体之间的关系就好像一个印刷字和这字所代表的含义之间的关系一样。在屠格涅夫先生的想象中，抽象的可能性迅速变为了具体的情境，就好像梅松尼尔[7]设计的室内装潢一样精细且富有地方性。当我们以这种方式阅读的时候，就总是在观看和倾听；并且，实际上由于缺乏一条解释的线索，我们似乎常常是观看多于理解。

而在《叶连娜》中，作者对现实主义与理想主义的混合取得了最大的成功。这部作品既是一本朴素的编年史，又是一部微型的史诗。小说中的场景、人物形象是如此真实生动，好像我们能够看到他们被置于一个用灯光照明的舞台之上活动。然而，当我们回想它的时候，这出戏似乎完全被道德世界的光亮所映照。《叶连娜》包含着许多内容，很难去一一谈论。它既如此简单，又如此丰富，它坚决地走向黑暗的结局，然而又在过程中不停地让我们感到愉悦且深深迷恋，以至于我们在它的混杂中忽略了那通向真实的简单的美。但通过阅读之后的深思，我们就像赞美一切最好的事物那样去赞美它。然后我们看到那些精彩的部分都融为了一种和谐的基调，成为一个动人的整体。这部小说全在于对女主人公的刻画，她是"女英雄"这个词的本义，一个意志沉着且热情洋溢的年轻姑娘，她只要有机遇，就能成为那种为人称颂的传奇人物。她真是个高尚的人，而且如果像我们抱怨的那样，屠格涅夫先生的想象中存在着苦涩，那么显然也有着甜美。引人注目的是，他大部分梦幻般的遐想都是出自对女性的构想。只有对女性，他有时才会全然地舍弃他的嘲讽，而真诚地表达出同情。我们希望，如果认为这证明了他笔下那些乡村女性的性格中有着——至少是潜在地有着——一些十分美好的东西，那这种想法不会是一个人种学上的错误。无论你是多么优秀的诗人，如果没有认识几个非常令人钦佩的女性的话，也很难创造出玛丽雅·亚历山大罗芙娜（见《往来书信》）、叶连娜、丽莎、达吉亚娜，甚至伊琳娜这样的人物。这些女士都有着显著的家族相似性，也就是她们共有的某种优雅特性，对此最好的描述可能是毫无肤浅之气。她们身上毫无被法国小说家看作是女性"可爱"[8]特征的娇媚之气。在《烟》中，那个夺走了达吉亚娜爱人的凶恶美人之所以有此之举，也是因为屈从于更深刻的内心冲动，而非粗俗的卖弄风情。并且，这些美好的俄国人身上有着那种自觉与独立，和英国理想的女性魅力十分相似。从表面上说，她们只是差强人意。并且她们几乎因为太令人困惑而难以表现出魅力，而只有在不得不做出行动的时候，我们才完全地体会到她们的美。在这种情况下，作者就会想象她们做出最感人、最激励人心的事情。

叶连娜的魅力全在于她坚定的行动。她像一支羽箭一般，从我们面前敏捷、迅速地掠过，飞向她神秘的终点。正如我们所说，她对一个梦想从土耳其的残暴统治中解放出祖国的保加利亚爱国青年深表同情，并从中找到了机遇；带着一种冷静的热情，她将自己投入他的爱情与事业之中，而这一切在屠格涅夫先生的笔下都充满了诗意。叶连娜最好地代表了屠格涅夫先生对"与众不同"的女青年的喜好。无疑，在许多闲适的社交圈里，她会被当作一个怪人。确实，她的外表有着令人着迷的怪异，并且我们也模糊地感到，作者在描写她的时候也带着一种为之倾倒的期望，就好像一位旅行归来的朋友向我们展示他越洋带来的一种羽毛奇异的鸟，而他自己也从未听过这鸟的鸣叫声。要欣赏叶连娜身上的怪异，你必须了解她身边的人都是多么的正统。在小说的中心部分，故事情节就逐渐消失，变成无尽的讽刺，似乎作者想要证明，和叶连娜与英沙罗夫那极度的严肃性相比，其余的一切都只是游戏人生。我们在一种讽刺的氛围中翻阅那些次要的部分：有时是善意的，比如写到别尔森涅夫和舒宾的地方；有时又具有无情的滑稽感，比如写到叶连娜愚昧的父母和他们呆笨的样子时——就好像两只聒噪的家禽觉得自己有责任去孵育一只雏鹰一样。整篇小说都蕴含着深意，要把它详尽地说清楚，就好像从一条精美的挂毯里抽出丝线那样复杂而困难。例如，卓娅小姐是个怎样的人物呢？一位娇小的德国女伴[9]，但却十分诙谐地从侧面映照了叶连娜强烈的个性——卓娅小姐，她有着漂亮的肩膀，她一出现就伴着那普普通通的衣裙娑娑声，也许，还有那淡淡的香水味。在屠格涅夫先生的创作中，最为精彩的就是对别尔森涅夫和舒宾两人与叶连娜关系的描写。当他们看着两人同样爱着的女人用比他们都更迅速的步伐从眼前一掠而过时，这二人在栩栩如生的真实性中也有了象征意义。青年雕塑家舒宾有着他的情绪与思想、欢喜和忧郁，他喋喋不休，举止唐突，这一形象深刻且精巧地表现了艺术家的性情。然而，他终究能够切中务实这一要害，通过确切的力所能及的行动解决了生活中的问题。别尔森涅夫虽然不那么耽于幻想，但本质上却可能是一个更富诗意的角色。他注定是行动上的弱者，这倒不是因为他思虑过度，而是由于他在思想和智识上十分平庸，并且又固执己见。在他的过往中，有些事情甚至比叶连娜和英沙罗夫的经历更感人。后两者和舒宾一样，都有聊以自慰的东西。如果说他们有着与生俱来的痛苦，那他们同样也有着与生俱来的狂喜。

他们站在热情所敞开的大门前，有时候可以忘记一切。但可怜的别尔森涅夫无论走到哪儿，都能遇到良知竖起指头对他说，虽然智者千虑，必有一失，但明智的人从不丧失理性，聪慧的人也不会为情绪左右的。他甚至不会通过抱怨命运而获得满足。他完全不确定自己的命运，而当他发现自己的爱情落空时，他便把这种爱情转换成友情，并且带着一种耐心的热忱，几乎能够让自己都相信这样做并不是一种放弃，而是圆满的成功。别尔森涅夫、舒宾、卓娅，以及乌瓦尔·伊凡诺维奇，这个穷困的家族朋友，带着引而不发的想法，温和而深刻，还有那个浮夸且自私自利的父亲，虚弱而自私自利的母亲——这些人彻底地为小说核心夫妇周围的小世界注入了生机。而如果想知道我们如何从这六个人物身上感到了世界的存在和它的复杂性，就需要认识到作者在选择人物类型方面的大智慧。

我们在谈论《贵族之家》（据我们所知，英译本用的是更简洁的书名《丽莎》）的时候，应该假定它比《叶连娜》出版得要早。《贵族之家》始于1858年，而《叶连娜》则是1859年。小说的主题是关于一桩不幸的婚姻和一段不幸的恋爱。费尔多·伊万诺维奇·拉夫列茨基娶了一位漂亮的年轻女士，但在自认为十分美满的三年过后，他发现自己受到了严重的欺骗。他离开妻子，从巴黎——在那里他幡然醒悟——回到了俄国，在他继承的庄园里隐居了一段时间。在这里，当他的伤口逐渐平复，人在盛年的健康与力量又重新回来的时候，他邂逅了一位年轻的女子，并最终用一颗渴望摆脱苦涩的柔软之心，以加倍的热情爱上了她。他收到妻子的死讯，立即大胆地向年轻女子表达了爱意。那位年轻女子倾听着，回应着，他们快乐了短短几天。然而正如报纸上说的，关于拉夫列茨基夫人死讯的报道是个草率的错误，夫人突然重新出现，她提醒丈夫记得与自己的婚姻关系，并且几乎把叫丽莎的年轻女子判罪。自然无疑地，这个故事令人同情的地方在于它发生在一个尚不具备现代离婚机制的国家。丽莎和拉夫列茨基当然必须分开。拉夫列茨基夫人健康地活着。丽莎去了修道院，而她的爱人被夺去了幸福，决心至少去尝试做个有用的人。他耕作自己的土地，指导农奴。几年后，他走进她的修道院，当她在栅栏后面经过向教堂走去的时候，他看到了她。她知道他的出现，但她甚至没有看过去，只有她垂下的眼皮不停地抖动，才出卖了她的感受。"他们都想到了什么，感受到了什么？"作者问道，"谁能知晓，谁能说清呢？生活中有一些时刻，有一些感受，是我们只可匆匆投过一瞥却不能停留的。"带着这个未解的问题，小说走向了独特的尾声。

丈夫、妻子、情人——妻子、丈夫，以及他爱的女人——这是现代小说极为常见的组合，但屠格涅夫先生的写作使这一老生常谈重获了青春。如果我们要加以区分的话，他发现这个故事的道德吸引力比情感上的吸引力更为深刻：似乎对他来说，一对恋人接受不幸的命运要比一对恋人紧紧抓住幸福更富有内涵。正如我们可以随意总结出的那样，他小说中的道德意味在于，对幸福的构想是徒劳的，我们只能接受我们能得到的东西，而逆境就是磨坊下面的水流，我们的智慧就在于必须去顺应它而动，让它来碾碎我们的谷物。在拉夫列茨基的过往经历中肯定有非常精妙的东西，屠格涅夫先生从一个关系到各种不洁行为的故事中提取出了主题，并使它充满了可爱和纯洁的气息。实际上，这种纯洁性只是从丽莎维塔·米哈伊诺夫娜这个人物身上散发且弥漫出来的。屠格涅夫先生的美国读者沉浸在美国与俄国生活的几个相似之处中无法自拔。这种相似基本上是表面化的，不过似乎对我们来说，如果认为由丽莎、达吉亚娜、玛丽雅·亚历山大罗芙娜所代表的俄国青年女子微微带着些辛辣的新英格兰气质——一种清教徒式的固执——那么这种观点也不是完全没有道理。在作者的小说中，往往是妇女和年轻女子代表着意志力——去反抗、等待、实现抱负的力量。丽莎代表了所有那些英雄式的热情，这在屠格涅夫先生的想象中比那种小猫一样轻巧娇媚的个性要有内涵得多。在同一部小说中那些因为轻巧娇媚著称的人物——瓦尔瓦拉·巴甫洛夫娜，拉夫列茨基那个无情的妻子——同时也显而易见地缺乏德性。在丽莎、叶连娜，甚至是更为模糊隐蔽的玛丽雅·亚历山大罗芙娜的正直品格中——它似乎是从男子气概的荣誉中提取出的一种更为美好的精华——存在着一种几乎是令人敬畏的东西：就连最强大的男人也没有她们如此有力。在小说最令人悲伤的地方，玛尔法·季莫菲耶芙娜（小说中最讨人欢喜的老姑娘）走进丽莎的房间，来到她面前，哀求她放弃去修道院的计划，我们感到这个年轻姑娘的恭顺与甜美之下有着不可战胜的深沉意志。她无比地虔诚于宗教，从她的心理状态来说这也理所当然，并且没有什么比了解她的宗教生活是多么自然更能让我们不再把她和一个传奇小说里的普通天真少女[10]联系在一起。她对拉夫列茨基的爱在本质上是一种半克己的激情。她第一次利用他的爱所给予她的影响力就是试图让他和妻子和好，而当她得知后者并没有像他们相信的那样已经死去的时候，她最大的感受是一种不可饶恕的亵渎。在她那柔软、贞洁的心灵上产生了黑暗、罕有的罪恶感，我们似乎不恰当地称赞这种组合是奇异有趣的，但如果把它称作是富有教诲性的则就更离谱了。丽莎总的来说是一个出色的人物肖像，并且同为女性的读者们在审视这一形象的时候应该带着一些自得之情。人们知道她们一方面抱怨传奇小说家们滥用女性人物，另一方面也抱怨他们对待女性人物有着令人难以忍受的屈尊俯就的态度。而丽莎这一形象是用一个爱人所有的温情来描绘的，但同时这温情之外还有着一种无以言表的——几乎是前所未有的——尊重。在这部小说中，我们的作者一如既往地不对情节加以评论，诗人从不加入合唱队[11]，小说的情形就说明了自身。当拉夫列茨基在法国报纸上读到了妻子的死讯时，小说没有描述他的感想，也没有表现他的心理状态。那生动鲜活的叙述是如此有效地让我们与他产生了共鸣。他入睡前躺在床上阅读，拿起报纸并发现了那个重大消息。他"披上衣服",作者简简单单地说道:"出门走进花园,在小径上来回踱步,直到天明。"带着一种蔓延全身的激动之情,我们合上书本,暂停片刻。然而关于屠格涅夫先生擅于在普通的形式中注入丰富内涵的天赋,他所塑造的那个忧郁的德国音乐大师戈特里布·伦蒙就可谓是一个出色的例证。从来没有什么朴素的真实能比它更富有诗意,也没有什么诗意能比它更真切精细。

拉夫列茨基即便饱经严峻考验,可能依然会是我们的作者笔下最幸福的英雄。他承受了巨大的痛苦,但让其他人承受痛苦的那种令人难以忍受的感受,他没有。这既是《烟》中主人公的命运,也是作者最新作品中那个严重消极的年轻人的命运。关于《烟》我们不能说得太多,因为它的主题几乎和《春潮》的主题完全相同,而后者对更多的读者来说将会是一部新奇的作品。在我们看来,《烟》非常震撼且令人痛彻心扉,但它缺少屠格涅夫先生大部分作品中所具有的那种甜美的底色。这部作品与其他作品一样才华横溢,但相比之下在精神性方面却略有不足。它讲述了一个危险的美人横刀夺爱,抢走了俄国最可爱的女孩的未婚夫,这个故事相当吸引我们;然而我们发现,就自身而言,小说中特别卖弄风情的女子总是让我们在智识的层面感到倦怠。显然这样的画面并不容易描绘,我们似乎总看到一位女士在脚灯前摆弄拖在地上的衣裙,或者在她所捉弄的那个人承受痛苦时把眼睛瞥向乐池。但是,作者在对叶连娜这一形象的描绘中却有着美好的意图，并且读者就像那可怜的里维诺夫一样被她深深吸引。而达吉亚娜的形象则是浑然天成。《父与子》出版于十年之前，早于《烟》的问世，它是屠格涅夫先生第一部被译介到美国的小说。这些作品都有着无比宽广的主题，并表现了作者心底极为深切的忧郁，其原因在于即便他重点刻画的那些人物都有着各自的关怀和际遇，但却都象征着那些为一场最大的战役而斗争的隐微力量——那是新旧之战、过去与未来之战、前沿思想与保守思想之战。人类历史上一半的悲剧都产生于这场战争；并且诗人和哲学家告诉我们，最清楚的事实仍然具有永恒的必要性。在屠格涅夫先生的小说中，两股对立的力量分别来自老一代人和年轻人，而没有什么故事情节的主题能比一个新世界随着发展意识到了自身的力量和渴望，从而去抗击那个带着母亲般的慈爱和希望把它孕育出来的旧世界更加令人心痛。在《父与子》中，新世界的一方是更有战斗力的，而旧世界实际上总是*被征服者* [12]，即便是斯多葛派人士 [13] 也会对它产生同情。然而在屠格涅夫先生笔下所特有的是，这种赢得胜利的志向本身纯粹是相对而言的，那么胜利者和失败者就在对命运的一致认同中不分你我了。在此，他极为出色的审慎态度一如既往地使他避免将具有代表性的人物塑造得过于夸张。在他的作品中，没有什么人物能比巴维尔·彼得罗维奇和叶甫盖尼·巴扎罗夫更富有平白易懂的人情味了——他们的人情味也都体现在各自无可辩白的缺点中：其中一个是不够体谅他人，另一个是冷酷苛刻。在年长的基尔沙诺夫身上，作者设想了一些他出于本能去推崇的东西——它的上百种正在消逝的传统现在都化为庸俗化的"绅士"观念。作者当然热爱这个人物，就好像一个传奇作家必然会热爱一样，但他也最为公正地对待这一人物思想中荒唐的地方。巴扎罗夫是个所谓的"虚无主义者"——一个手染鲜血的极端分子，刚刚从五花八门的批评思想中走出来，将毕希纳[14]的《力和物质》当作教科书，把自然和历史中的一切事物都看作猎物。他年轻、强壮、聪明、信心十足，对自己的怀疑主义沾沾自喜，无论是人是神都不放过，并且打算在运行他的规划之前先把整个宇宙推翻。但是，他发现有些东西比他自己更强大、更聪明，生命也更长久，而死亡是一个甚至比毕希纳博士还要激烈的虚无主义者。这个故事追述了他在夏日的乡下和一个大学同窗一起度假的经历，主要记录了他的人生哲学在这样一个短暂时期内频频遭受的考验。当然，它们都预示着那个最大、最深刻的考验。他陷入了爱情，并且试图像否认其他所有事情那样去拒绝爱情，但他所能做的却只有用粗劣的套话表达爱意。屠格涅夫先生总是喜欢对比，因此他不无高明地在巴扎罗夫的青年同伴中给他找了一个陪衬性的人物——阿尔卡迪·基尔沙诺夫，他代表着附着在每一场重大活动边缘的那些短暂、模拟性的元素。巴扎罗夫因死亡而陷入了永久的宁静，但要让阿尔卡迪保持沉默，则只需耗去他一小部分生命力就够了。阿尔卡迪属于贵族成员，而巴扎罗夫的所作所为之于他那安宁、保守的家乡，就好像是一头年少力壮的公牛闯进了放满洛可可瓷器的储藏间。屠格涅夫先生极为精妙敏锐的想象体现在对阿尔卡迪的伯父巴维尔·彼得罗维奇言行举止的刻画，以及对那场决斗尤为恰如其分的描绘上，那个浑身散发香水味的保守派认为自己有不可推卸的责任去代表他那绅士观念而战。然而，小说更为深刻的地方在于那个年轻的毕希纳主义者回到他自己在外省的家乡，并在那里去世，变为一抔黄土，而他那可怜的年迈父母有着温和的迷信，以自己博学的儿子为荣，仅仅为他而活，且不计后果地对儿子那可怕的实证主义思想不抱一丝成见，毫无反对之意。这部小说的后半部分是屠格涅夫先生所有创作中最为精彩的，每一个笔触都极为巧妙，每一个细节都清晰有力。通过瓦西里·伊凡诺维奇和艾琳娜·弗拉西耶夫娜，他向我们展示了那敏感的心灵也许会有不恰当的表现，但也不至于过分傲慢而将科学拒之门外。他们对儿子小心翼翼的疼爱以及拐弯抹角的关心，他们的期待、希望与恐惧，以及当他们开始明白世界可以把儿子弃绝时那带着深深哀怜的震惊之情，这一切都构成了一幅画面，即便它只是用精巧的风格描绘一桩桩小事，却仍然让我们感受到了至高的悲剧性。除此之外，对巴扎罗夫日益增长的不满情绪的描写也是极具艺术性的一笔。他长年怀有道德上的义愤，这义愤不是出于一种旧式的良知，而是自然而然地在于他遭受了这个世界上如此彻底的分崩离析后所产生的愤懑。我们尤其推荐读者阅读他与阿尔卡迪躺在仲夏时节的树荫下时所进行的一次长谈，那时无论坦率的阿尔卡迪提出什么，他都恶狠狠地拒绝。他对阿尔卡迪本人怀有恶意，我们十分理解这种冲动，它就像一个神经紧张的女人突然发作了一阵歇斯底里时会有的表现一样。怀着这种恶意，忧虑焦躁的青年理性主义者露出令人惊恐的样子，激动地要与阿尔卡迪斗争到底。我们还要用一些篇幅来讨论对艾琳娜·弗拉西耶夫娜的刻画：

　　她是一个在俄国旧制度统治下小绅士阶层的真正典型，她本应该出生在早两百年的莫斯科大公时代。她容易被打动，极为虔诚，信仰所有的预兆、占卜、妖术、梦境；她相信圣愚[15]，相信女巫的精灵、森林里的神，相信不祥之兆、恶魔之眼，相信民间偏方，相信在耶稣受难日那天要将盐撒在祭坛上，相信世界末日就在眼前；她相信如果四旬斋期间午夜弥撒的烛火不灭，那么荞麦就会有好收成；相信人的眼睛一看向蘑菇，它就会停止生长；她相信魔鬼喜欢待在有水的地方；相信每个犹太人胸前都有一块血斑；她害怕老鼠、蛇、癫蛤蟆、麻雀、蚂蟥、雷电、冷水、气流、马、山羊、红发男人和黑猫，认为蟋蟀和狗是不洁的动物；她从来不吃小牛肉和鸽子肉，也不吃龙虾、芝士、芦笋、野兔肉和西瓜（因为切开的瓜很像施洗者约翰那被割下的头），虽然她从未见过牡蛎，但光是想起它就能让她吓得发抖；她喜欢把饭吃好，而斋戒的时候又十分严格；她一天睡十个小时，但如果瓦西里·伊凡诺维奇抱怨头痛，她就绝不合眼。她唯一读过的一本书叫《亚历克西斯，或林中小屋》；她一年最多写一两封信，虽然从来不亲自动手做，但她对甜食和腌菜的品鉴能力一流，而且，一般来说，她喜欢待着不动……她很焦虑，总是觉得有什么大不幸的事会发生，而只要想起了什么伤心事就会哭出来。这样的女人越来越少了，上帝才知道我们该不该为此而高兴。

我们选择用来评论的这部小说大约出版于六年之前。它最先给我们的印象是老调重弹，它的主题和《烟》相同，并且与一个名为《往来书信》的短篇杰作也十分相像。这是世上最令人悲伤的主题之一，因此我们不得不责怪屠格涅夫先生对悲伤之事的喜好。但是《春潮》这部作品带有一种叙事的魅力，使得它的苦涩都多了一丝甜味。并且，我们还可以说，从作者的观点出发，它的主题在不同层面上都有别于前面我们谈到的那几部作品。它们都谈论了致命的意志薄弱问题，屠格涅夫先生显然认为这是俄国青年一代所特有的缺陷，而《春潮》则在更为普遍的意义上阐明，在某种程度上，青春的自发性中就混杂着愚笨的成分，它使我们通过遭受苦难而成长为有智慧的人。德米特里·萨宁身上这种青春时代的愚笨就非常突出，对此的记忆在他的心头萦绕了数年，最后给他造成了严重的创伤，如果不进行修复就会崩溃。小说开头的第一句话就给整篇小说定下了基调。我们可以引用它来作为例证，说明屠格涅夫先生如何总是能从一开始就唤起我们道德的好奇心和对人物的同情。在开篇的这一段中，有些东西就已表明，我们要听到的不会是那永远只是来自生活表面的濒死呻吟：

……快凌晨两点的时候，他回到了自己的客厅。仆人已经点燃了他给的蜡烛，他跌坐在壁炉架旁边的椅子上，用手捂住脸。他从未感到如此的身心疲惫。他整晚都和那些优雅的女士和有教养的男子在一起；有些女人很漂亮，几乎所有的男人都聪慧过人、才华横溢；他自己也谈吐出众，甚至可以说是精彩非凡；然而即便如此，这前所未有的倦怠感，就像古罗马人曾说过的，那种对生活产生厌恶的感觉，以一种不可抗拒的方式压迫着他，笼罩着他。要是他再年轻个几岁，他就会哭上一场，为这悲伤，也为这厌倦和紧绷的神经：一种侵蚀的、灼热的、如苦艾酒一般的苦涩感充满了他整个心灵。一些挥之不去的东西——冷漠、厌恶、沮丧——像秋日黄昏一般从四面八方涌上心头，而他不知该如何摆脱这种抑郁和痛苦。他不能指望睡眠，他知道自己睡不着……他开始陷入沉思——缓慢地、悲伤地、痛苦地……他想到了全体人类的徒劳无益、毫无用处和普遍的谬误……他摇了摇头，从椅子上站起身来，在房间里来回踱步，在书桌前坐下，拉开一个又一个抽屉，在一些旧日文件中摸索，它们大多是一个女人写来的信件。他不知道为什么要这么做——他什么也不找，只是想躲避那占据了他的全身心，且对他百般折磨的想法……他站起来，走回壁炉旁，重新瘫坐在椅子上，用手捂住脸……"为什么是今天，偏偏是今天？"他想，接着许多陈年回忆涌入心间。他想起来了——这就是他所想起的事。

在结束国外旅行回俄国的途中，他在法兰克福邂逅了一位少女，她是一个意大利甜品商的女儿，出身平平却格外美丽。机缘让他们走到一起，他爱上了她，充满热情地准备向她求婚，并征得了女孩母亲的同意，现在只需要变卖一笔他在俄国的资产就可以结婚了。在实施这些计划的时候，他遇见了一个古怪的老校友，他娶了一位女继承人，后者凑巧在萨宁房子的附近买了一座庄园。这使萨宁想到，也许可以劝说这位波洛索夫夫人把他自己的庄园也买下，于是，因为她懂"生意"并且管理着自己的诸多买卖，萨宁经由未婚妻的允许回到威斯巴登提出了他的建议。读者当然预见到了接下来会发生的事——熟读屠格涅夫先生的读者尤为如此。波洛索夫夫人除了懂生意，还懂其他许多东西。她年轻、动人、不讲道德、有着致命的危险。萨宁被这魔咒降服，把荣誉、责任、善良、审慎，所有的一切都抛在脑后，在经历了三天迷乱的抵抗后，让自己和夫人的其他财物一起上了夫人的旅行马车，向巴黎驶去。不过我们能够预见，他很快恢复了理智，春潮已过。接下来那些年就充满了挥之不去的悔意所带来的枯燥乏味。在那一晚痛苦的回忆之后，忏悔之情又涌上心头。他去到了法兰克福，打听那个被他抛弃的可怜女孩的消息。历经重重困难之后，他终于获得了音信，了解到女孩远嫁美国，生活得很幸福，且心平气和地原谅了他。之后他回到圣彼得堡，在那里短暂停留之后就突然失踪了。人们说他去了美国。春潮在秋日的薄雾中散去。萨宁当年在法兰克福的时候不仅十分年轻，还十分具有俄国人的性格，下面这段迷人的描写表明了他有多么年轻，多么具有俄国人的特色：

首先，他是个非常好看的小伙子。他身材高挑，样貌喜人，五官有些模糊不清。他有着一双友善的蓝眼睛，面色红润，并且尤其带着那亲切、欢乐、充满信任和诚恳的神情，乍一看似乎显得缺乏能力，但在过去的时代，你通过这神情就可以认出他来自一个安宁的贵族家庭——是德高望重的"元老们"的后代，是个好乡绅，出生在我们那些与大草原接壤的丰饶地区，并在那里茁壮地成长；他走路有些拖着脚，说话有轻微的咬舌音，只要有人看着他，他就像孩子一般笑起来……简言之，就是健康、活力和温柔，——温柔！……这就是萨宁。除此之外他绝不愚笨，而是学习了很多东西。即便出国旅行，他仍然精神饱满。在那个时候，他对那影响了大半年轻人的狂乱冲动还一无所知。

如果在这段生动的描绘之后再引用一段几乎毫不逊色的对波洛索夫夫人的描绘，那么我们仅仅从这一对照中就能发现小说的萌芽：

她并不是一个无可挑剔的美人，她下层出身的背景让人一望便知。她的前额很低，鼻子肉乎乎的，向上翘着；她没有引以为傲的好皮肤，也没有好看的双手和双脚。但这有什么关系呢？当他遇见她的时候，让他停下脚步徘徊不前的不是那"美的圣洁"——用普希金的话说——而是那光彩照人的、充满女性韵味的身体所散发出来的魅力，它一半来自俄国人，另一半来自波西米亚人——而他的流连也并非毫无企图。

虽然关于她的描写只占了 65 页的篇幅，但波洛索夫夫人这个形象却是用大型戏剧的方式来展开的。我们似乎就站在她的面前，听她那恼人费解的谈话，感受她的大胆鲁莽和自觉的坦率所带来的危险。她那非同寻常的残酷和道德堕落令人难以置信，作为一个次要人物，她活灵活现的恶毒劲儿可能是太过了。但奇怪的是，她既生动又自然，我们的想象力伴随着她铺展开来，就像伴随屠格涅夫先生笔下的其他恶人时一样深深为她着迷。同样，我们也很难接受萨宁这么快就背叛了未婚妻的可能性，而当时他甚至还对她充满了纯洁、恬美的爱意。但这就是奥妙所在，或许这心意改变之快就是最好的说明。作者似乎在暗示，春潮一定会涌来，并且会冲毁原本完好无损的河床。描绘出青春那无限的盲目，那对欲望的渴求，那心思的鲁莽，展现它如何混杂着青涩与成熟，以及花样年华里的种种可能性与变故，然后再将对往昔的回顾中那些温情、诗意、和谐的东西混入这描绘出的画面中——这些只体现了作者一半的意图。除了表现心灵和感官之间自然的斗争之外，他还有所设计，使这场斗争没有在《烟》中描绘的那样复杂，也不如《往来书信》中那场感官的致命胜利一般残酷。"这一切什么时候能结束？"萨宁无助地望着玛丽雅·尼古拉耶夫娜问道，他感到自己可耻地陷入了不知所措的境地。"弱者，"作者说道，"从来不自己了结——他们总是等待一个结局。"萨宁的过往经历表明了这样一个道理：避免犯错的方法就是能够在特定的时刻像一把锤子那样击落心中升起的愿望。如果说屠格涅夫先生歌颂了感官的魔力，那么他也让我们深深明白，灵魂终究会索要自己的权利。他刻画了杰玛这个最为可爱的形象，她热情洋溢，没有一丝邪念，那坦率、青春的意大利人性格在北方的氛围里大放异彩，欢乐就是它所拥有的唯一财富。然而，即便杰玛这样魅力四射，却也不过是丽莎和达吉亚娜的异父姐妹。我们相信，一方面，丽莎和达吉亚娜都没有和她们可爱的小姐妹一起读过流行喜剧；不过另一方面，出于一种微妙且不可言状的责任心，她们也绝不会为了取悦现任情人而把过去那个被抛弃的情人说得像个小丑。但是杰玛仍然是一个魅力十足、光彩照人的角色，这一切都只是证明了这世上最可爱的姑娘是千姿百态的。附加在她这一形象周围的其他事物也都呈现得让人欣喜；对这个意大利小家庭的群像描写，以及他们在德国城镇做着小买卖的生活都发射出一道柔和、幽闭的光，让读者沉醉其中，流连忘返。那个半痴狂的老潘塔莱昂纳·西巴多拉，一位可怜的前男中音歌手，这家人的常客，在这道光的映照下也显得栩栩如生了。

三

我们总是希望能在作品之外更加了解那些吸引我们的作家，而许多美国读者很可能对屠格涅夫先生私下的个性抱有善意的好奇心。然而，我们却陷入了对此知之甚少的遗憾之中。通过从作品中收集到的信息来看，我们的作者是个十足的世界公民，他在许多城市居住过，也频繁出入各种上流社会圈子，由此，我们就模模糊糊地有了一种感觉，认为他具有所谓的"贵族"气质；因此，如果说一个人的才华可以从眼睛里看出，仿佛那眼睛就是才华在身体上的呈现，那么屠格涅夫就应该有，比如说，非常匀称优美的双手和双脚，以及一个表现着贵族风度的鼻子。我们有一个朋友就真的抱着没有根据的幻想，向我们言之凿凿地说，《烟》（他认为那是屠格涅夫先生的杰作）的作者本人就是他笔下的巴维尔·基尔沙诺夫。这位朋友十有八九错得离谱，不过我们可以对那些喜欢屠格涅夫先生，从而进行大胆猜测的读者说，屠格涅夫先生的魅力有很大一部分在于其贵族气质与民主才智的完美融合。从他小说作品的多样、丰富且极具人情味的内容可以看出那爱好对事物一探究竟的才智，而他那精细讲究的性情则体现在小说精致的形式上。但是当事情所呈现出的结果是如此意蕴丰富时，我们切不可太过随意地探究它的成因。

关于一位诗人或小说家的重要问题是他对生活有何感想？归根结底，他的人生哲学是什么？当精力充沛的作家达到了创作的成熟期，我们就能在其作品中自由地寻找一些他们对于总体世界观的表达，这是他们一直以来通过如此积极地观察世界而得出的。这是作家在作品中呈现给我们的最有趣的东西，而细节的有趣程度则在于它们能把这些观念突显得多么清晰。

屠格涅夫先生的读者有个最大的感受，那就是他有一种忧郁的严肃性，因此把生活看得无比沉重。我们陷入一种无以消解的悲伤氛围中。我们读了一部又一部，期待着能找到一些欢乐的东西，然而却不过是漫步到了新的一片愁云惨雾中去了。我们试着去读那些中短篇小说，希望能遇到什么依照传统被称作是"消遣阅读"的东西，但那些作品同样让我们感到许许多多精致小巧、经由浓缩后的忧郁。《草原上的李尔王》比《僻静的角落》更甚；《被遗弃的人》很难说比《往来书信》好到哪里去；《多余人日记》并没有摆脱《三幅画像》幽灵一般的影响。作者还写过几部短剧。我们带着昏沉之气，期望它们能带来些欢乐，结果发现的却是《食客》中强烈的悲剧性，以及《绳在细处断》以短笑剧的形式所表现出的带泪的幽默。开头是悲伤，结尾比悲伤更甚，好人遭受不可言喻的痛苦，快乐的人十分荒唐可笑；失望、绝望、疯狂、自杀、退却的激情，以及破灭的希望——乍一看，这些就是屠格涅夫先生笔下人间戏剧的主要构成；而使我们更能体会到这苦涩之味的，是我们发现作品背后的作者用一声轻笑来结束他呈现出的悲凉景象。于是我们立刻认定他是一个冷血的悲观主义者，除了生活中的痛苦外，对其他的东西毫不关心，而对于痛苦，他也只在乎那形象化的效果——也就是能提供一些愤世嫉俗的警句罢了。我们问道，刚才提及的那些短篇故事难道不就是用戏剧化的形式写出的，关于人生幸福的残酷警句吗？在《草原上的李尔王》中，艾弗兰皮娅·哈尔洛夫用自己的冷酷和堕落把父亲逼疯、逼死，然后加入了一个宗教狂热分子的团体，在里面扮演着像"圣母"一般的重要角色。在《食客》中，年轻的女继承人把她新婚的丈夫带回自己的庄园，并把他介绍给邻居们。他们和他一起用餐，其中一位好管闲事又自命不凡的蠢货想出一个取悦新婚丈夫的妙招，他叫来一位经常在附近闲逛的穷苦老绅士，他一直从女继承人已故的父母那里领取抚恤金，并且非常忠心地默默守护着女继承人。那个无情的客人不停地给这位谦逊的老人灌酒，并且戏弄他，让他装疯卖傻。但是忽然之间，这位库索夫金从酒气中清醒，意识到自己正在被人取笑，于是突然情绪爆发，激动地说即便他现在被人欺辱，但他可是跟这座房子的女主人的父亲不相上下。她恰好听到了他的喊声，并且虽然他被自己的莽撞言行吓坏了，试图把它收回，但她还是从他嘴里套出了实情，原来他曾是她母亲的情人。然而，她的丈夫却命他收回这些话，并当众忏悔。接着他给了他一点钱，将其撵出了庄园。小说以那个多事的邻居恭维这位好小伙为人慷慨为结尾："你是个真正的俄国绅士！"而我们的作者所写的一个最具警句风格的故事也许是那篇短小优美的悲伤之作——《往来书信》。一个懒散的青年男子，对现状不满足，渴望着拥有更好的东西。他为了消磨时光，给一位他从前略知一二且极为尊敬的年轻女子写信，那女子对他则明确地怀着单相思，她住在偏远的乡村，周围都是些平庸之辈。他们之间的鸿雁往来就这样开始了，他们通过书信增强彼此的信心，卸下心灵的负担。那个姑娘忧郁惆怅，她最惹人怜悯，又最温柔可亲，这使她的朋友开始相信，也许她最终会让他迷茫的生活获得意义。而在另一边，她兴味盎然，我们可以看到在她自我约束而成的苦行僧般的顺从谦卑之下，羞怯地悸动着好奇与希望。如果将这一点与我们感受到的个性之美结合在一起，就使玛丽雅·亚历山大罗芙娜可能成为我们作者笔下最高贵迷人的女主人公了。阿历克塞·彼德洛维奇最后写道，他必须见到她，他会过去找她，她要在某一日等着他到来。于是我们满怀温情地想象着，她的期待在她那平淡的生活中激起了小小的涟漪。过了一段时间，她的下一封信表达了对他爽约的惊讶之情；过了几个月后的再下一封信中，她最后一次试图打听他的消息。他们之间的书信往来以他最后的忏悔告终，他于临终前在德累斯顿写信给她。原来当时他正要动身前去见她，却邂逅了另一个女人，一位歌剧院的舞女，他疯狂地爱上了她。这位舞女粗俗、愚蠢、无情；她一无是处，却满足了他的感官享乐。

这是可耻的，但事情就这样发生了。他的激情带领他过着一种放纵的生活，从而夺去了他的健康。由于在冬夜里站在剧院门口等待舞女，他染上了肺病。现在他的生命进入了倒计时，而这就是一切的结局了！在这封悲伤之书的结尾，小说也走向了结局。由于小说精湛的叙事艺术，我们带着热切的好奇心一路读下去，然而我们也怀着一丝烦恼自忖，这究竟有什么意义呢？这是一篇为了讽刺而讽刺的作品，还是公正客观地描画了本能情感与精神情感之间的斗争？如果是这样的话，那么为什么似乎在作者看来，本能情感的胜利是理所当然的？为什么可怜的阿历克塞·彼德洛维奇和罗亭、萨宁、《烟》中那个被引诱的主人公一样，所遭遇的状况——如习语所言——多得应付不过来？如果我们仔细探究，以期在这乱如麻的痛苦遭遇中总结出什么规律的话，就会发现事例似乎总是比道理多。作者一直在到处暗示我们，人性中有着本质上非常荒谬的东西，人力也必然有徒劳的地方。随着阅读的进展，我们会惊讶于作者塑造了如此多鲜明的傻瓜形象，没有任何一位小说家写过它的十分之一多。他笔下的大部分人物都是我们会嘲笑的那类人，而其余人中的一大部分又都是我们会既嫌恶又同情的人。因此，能让我们尊敬的人就没几个了，不过考虑到我们的仁慈也都带着些怀疑，那么寥寥数人也许就足够了。无论是为非作歹的傻瓜还是善良的傻瓜，成功的骗子还是荒唐的庸人，死去的失败者还是那更为可悲的，还在悔恨、抗争、反叛的失败者，无论是道德堕落的情人还是被抛弃的姑娘，总而言之，所有众生都被灰暗的宿命笼罩着。可以想见，作者并非要向我们展示令人愉快的景象。在《父与子》中，没有一个人物不在某种程度上暗含着一些讽刺的意味。每个人都或多或少地在戏仿着自己应有的样子，或者是徒劳地为自己本可以成为的样子懊悔不已。唯一一个获得了一份应有的幸福的人是阿尔卡迪，而即便是他的幸福在那些努力上进的人看来也是值得嘲笑一番的——那是建立在蔬菜牛肉汤[16]之上的幸福，是儿孙绕膝而牺牲了"眼界"的幸福。阿尔卡迪的父亲是个庸俗的失败者；巴维尔·彼得罗维奇则是一个富有诗意的失败者；巴扎罗夫是个悲剧性的失败者；安娜·谢尔盖耶夫娜唯恐牺牲掉自己奢侈的宁静生活，于是和幸福擦肩而过。老巴扎罗夫和他老婆则像是一对设计精巧、样子古怪的小木偶，由一个忧郁的木偶戏表演者牵着线，用来表明父母的希望是多么的徒劳可笑。我们放下书本，再次重复那个观点：即便屠格涅夫先生心怀天下所有的慈悲，他也是一个彻头彻尾的悲观主义者。

这个判断是准确的，但它也需要一些限定条件，如果更全面地去看待作者所在的处境，就能够发现这些条件。正如我们之前所说，屠格涅夫先生给我们留下的印象是，也许是出于充分的原因，也许理由不足，他都在自己所热爱的那片国土上感到失望。那些严苛的批评家考虑到这种不满情绪与他那百般挑剔的想象不无关系，便会认为他没有充分的理由。他的想象紧紧地附着在俄罗斯的传统美德，特别是传统俄国人的纯朴性格之上，但是他发现这些品质日益消融在渐行渐远的传统之中，尤其是当他的祖国向外部世界开放的时候。俄国人是聪明的，而聪明人往往野心勃勃。屠格涅夫先生发现他身边的那些人满脑子都在期望能够假扮成有智识的世界公民，去了解，或者假装去了解世界上一切可知的东西，表现出令人吃惊的现代、先进和欧洲化的样子。库克辛娜夫人，《父与子》中那位长着红鼻子，带着书卷气的可怜女士，因为想从中了解胚胎学的知识而不得，就把乔治·桑的作品说成是"一无是处"，而当问起她为什么计划搬去海德堡时，她回答说："你要知道本生[17]就住在那儿。"社会变革的发酵作用使得俄国浮现出大量虚妄的自负和恶劣的傲慢风气，在这种氛围中，无论是热爱传统美德还是现代成就都难以获得满足。这一情形仿佛是人们跳进没过胸部的深水里那可笑的挣扎，除此之外，在这不成熟的野心所造成的骚动中，品格的完整性也受到了折损，男男女女的德行都丑陋不堪起来。《烟》中所描绘的那些住在巴登－巴登的俄国移民就是这么一群不同程度的狂妄无耻之徒。《贵族之家》中的潘辛是另一个例子；《父与子》中的西特尼科夫是个更为可耻的角色。由于领悟到眼前的社会景象拒绝将自己接纳其中，我们的社会观察家忧郁而苦恼地退回到了想象的世界，于是自然而然地把生活看得十分沉重，在它的阴暗处徘徊，从而带着一种反动且不负责任的热情，对事物进行阴暗的描绘。对阴暗主题的创作偏好是艺术家秉性中十分合理的成分，我们自己国家的霍桑是一个显著的例证，表明艺术家可以全然无害地去偏爱创作阴暗主题的作品。说它全然无害，是因为有着这样令人愉悦的、无意识的才华，作品始终是充满想象力、生动性和开放性的。然而，当外部环境来印证阴暗的想象，当现实把大量充满叹息声的悲苦带给想象，要想避免受到作品过于病态的指责，就需要作家具有那种极为灵活的才能。对于我们来说，屠格涅夫先生的悲观主义似乎可以分为两类——一种是自发性的忧郁，一种是有意为之的忧郁。在一个悲伤的故事中，有时候是那个麻烦、问题或者观念触动了他；有时候则仅仅是画面触动了他。在前一种情况的影响下，他创作出了杰出的作品，我们承认这些作品都极度哀伤，但我们心甘情愿地为之感动，就好像我们心甘情愿地在一间行刑室里无声地坐着一样。在另一种情况下，他创作出了稍逊一筹的作品，我们也情愿为之流泪，但同时坚信如果只是为了消遣，求爱和婚礼的情节好过死亡与葬礼。《僻静的角落》《被遗弃的人》《多余人日记》《草原上的李尔王》《笃……笃……笃》，所有这些作品对我们来说似乎都不必写得那么阴暗，因为我们怀有那古老而美好的信念，认为在生活中，人们的设想总是倾向于更光明的一面，并且我们相信，在艺术中，让我们对一个消沉的观察家保持兴趣的必要条件就是他至少应该尽量地振奋精神。按照我们的理解，真实为了诗歌和传奇中可悲的东西而制造假象的情况就如同它为"不道德"的东西制造假象。病态的悲哀是自然反应出的悲哀；经由精巧设计的悲哀是并非当场触发而生的悲哀；腐朽堕落的不道德是肤浅的不道德，是其主体中缺乏自然根基的不道德。我们最推崇的是怀有巧工理想的"现实主义者"和怀有欢乐理想的唱挽歌的人。

"画一般的阴郁，或许如此，"屠格涅夫先生的忠实仰慕者可能会这样对我们说，"至少你会承认这阴郁是有画面感的。"这一点我们确实是认同的，并且，由于回想起我们的作者具有卓越的多样性和精湛的写作技巧，我们对此就毫无保留了。对于他那博大的想象力，或者单单只是对那想象力的深刻与丰富程度，我们如何表示敬意也不会过分。从来没有哪位小说家能像他一样创造出那么多栩栩如生的小说人物，他们按照各自的习性呼吸、走动、说话，仿佛他们真的存在过一样；对我们而言，从来没有人在描绘人物方面能如此娴熟，没有人能将如此多的严酷现实与如此多的理想之美混合在一起。他的悲伤里有谬误的成分，但其中更多的还是智慧。生活，事实上就是一场战斗。乐观主义者与悲观主义者都赞同这一点。邪恶是粗野而强大的；美丽是迷人而稀少的；善良往往虚弱；愚笨总是傲慢；卑劣者取得胜利；低能者身居高位，有智识的人则卑微渺小，而人类总体上是不幸的。但是，这个世界就目前而言既不是幻象，也不是空想，抑或夜晚的一场噩梦，我们一次又一次地醒来面对这个世界，我们既不能忘记它，也不能否认它，或者弃绝它。我们可以接纳那到来的现实，顺应它的要求，从而去换取一些能够增大我们意识容量的东西，如果我们停下来去追求它们，则会得不到一星半点。在此过程中，痛苦和喜悦交织在一起，但是在这奇妙的混合之上，盘旋着一条明确的准则，它让我们学会发挥意志作用和寻求理解。像这样的许多东西我们似乎都可以从屠格涅夫先生详细的笔记中找到。他本人就像他同时代最杰出的作家那样热情地试图理解万事万物。至少，他记录下了丰富的生活，并且对生活那无限的多样性做出了好恶偏见的评判。这是他的一个显著的优点；粗略地说，他的严重不足在于滥用讽刺的倾向。但即便如此，他对我们来说仍然是世界与我们的好奇心之间那个非常受欢迎的调停人。如果篇幅允许，我们还想再提出一点，那就是他绝不是我们理想中的故事讲述者——本质上说，这位可敬的天才拥有一项技能，它比从现实中编织出一个俗套故事所要求的精细技能还要罕有。然而即便是为了拥有更好的小说家，我们也需要先期待一个更好的世界。至于当世界处在一个更完美的境界时，它还会不会偶尔出现一些丑闻，我们还不能确定。但我们总是认为，最好的小说家是彻底摒弃讽刺的。他会用那些现在致力于嘲讽的想象力去描绘金碧辉煌的城市和蔚蓝色的天空。然而就目前而言，我们心怀感激地认可屠格涅夫先生，并且认为他的风格契合大多数读者的常见心态。如果他是个自以为是的乐观主义者，就目前的情况而论，恐怕我们早就不会在藏书室里怀念他了。对于我们当中的大多数人来说，没有小说家能巩固或消除我们自身的乐观心态，总体而言，我们自己遇到的麻烦也使得我们对小说有着一种不甚恰当的认识。

就我们的日常心态而言，世界仿佛就像是屠格涅夫先生笔下那个艰难的世界一样，当紧张和忧虑的情绪时常加深，而那些短视的朋友却还在低声说着世界多么轻松和安逸时，我们就总会对他们流露出嘲讽之意来。

巴尔扎克为何值得尊敬[1]

他怀着追求绝对精确性的热情和

狂魔一般的胃口，

想要吞下各种各样的现实。

一

即便和初次相识，以及早年间被其魅力所迷住的情况相比，我也从未如此强烈地感觉到——多亏了这种亲切感得以重续，我想说，得以重续的还有对他的忠心——巴尔扎克的超凡脱俗，他是首屈一指的作家，尤其是热爱巴尔扎克的读者必须这么说，否则他就称不上是巴尔扎克的拥趸。就此而言，只有热爱巴尔扎克的读者才应当在这个令人高兴的时刻[2]就《人间喜剧》的作者发表自己的观点，并且我们确实难以看到，这么多不可避免地被吸引而来的关注怎么会不至少转化成一种表示敬仰的行动。坦率地说，我只是通过回忆就让自己深受触动，它引发了一系列批判性和感性的后果，其数量之多，难以尽言。正如我们所言，作家们和他们的作品为我们做了一些事，当我们拥有青年人那旺盛的好奇心时，这些作品给予了我们部分的解答，随着时间的流逝，这些特别的媒介就构成了我们的知识内核：在思想的层面上，它们被我们如此地吞咽、消化和吸收，以至于我们认为其总体的价值和启发是理所当然的，并且在其消失于视线之后便不再意识到它们的存在了。然而，它们之所以消失，仅仅是因为已经进入了我们的生活，成为我们个人经历的一部分，在很多时候，只要我们能恰如其分地表达自己，它们也是我们自身的一部分。然而，伟大的人与事有着无尽的用途，通常在这样的情况下，那种关联，哪怕只是一种"激动之情"——主要是青年人产生关联的形式——也是从未断裂的。一直以来，我们都在很大程度上依赖着我们的施予者而生活——这是能够表达的至高谢意；只是，多亏了那终会重新燃起往日激情的见鬼的定律，我们才能够意识到自己忽视了他。即便我们可能没有经常通读他的作品，那种忽视他的想法也是一种错觉，但这一错觉也许赋予了我们面对这位老相识所能有的最恰当的情感。我们既没有抛弃也没有否认我们的作者，而是特地回到了他的身边，如果说不是像个回头的浪子那样衣衫褴褛、充满悔恨，如果不是更为幸运地亲自来到父母面前，无论如何也是带着温情回到了父母的家门边。我们看到在业已被弃置一边的架子上，一种几乎无法触及的关联被掸落掉了身上的积灰，重见天日。这场在脑海中产生的奇遇之所以迷人，就在于我们发现那宝贵的东西不仅依然完好如新，并且在那牢固的漆面下显得更加华丽、闪耀和多彩。它身上标满了原本在我们心中所产生的那些认识与烦乱的踪迹和印象——它们鲜活、明确，和它自身一样宝贵。我们从前的——也就是我们年轻时候的——感觉就是那一页页书所给予我们的东西。因此，这种情况就变成在权威性上再加上了一种联想。如果说巴尔扎克自身无疑缺乏那种十分常见的精彩华章——我们把它称之为魅力——那么正是这联想可能有时会对此加以弥补。

在经由意识的确认和唤醒之后，就有了对形象的大小和重量以及它所占面积的印象。在这块土地上，我们全部人也许都能够搭起各自的帐篷，摆开摊位，兜售我们的小物件，与此同时在物质上既不会减小这块区域的面积，也不会妨碍土地所有者的活动。我仿佛看见他在这样一幅景象中来回走动，就好像格列佛[3]在小矮人之间游荡，并且他和格列佛一样好心，尽力地发挥着他那大型躯体所能发挥的作用，无一例外。如果用一句话来概括《都兰趣话》[4]的作者，那就是在所有小说家中，他是最为严肃的一个——在这里，我完全不是说他所作的《人间喜剧》中没有喜剧的成分。他的喜剧感是和他总体上非凡的感受力相一致的，即便他对喜剧感的表达也许异常地苦于缺乏施展空间——这也是他那密集紧凑的内容所带来的不便之处——这让我们想到一些设计非常精美，然而还未完全从黏土或大理石中脱胎而出的艺术品。在他的作品中，最重要的是结构和视野，它们不仅表现在宏大的意图上，也体现在那具体的形式和经由检验的例证上。在生活这个大花园里，我们大多数人充其量只想在这里或那里获得一小块土地，然后在花园的这块角落里拔草除枝，开垦荒地。巴尔扎克的宏伟蓝图就是去做一切可能之事。他立志把这生活大花园从南到北，再从东到西给翻一遍。他传给我们的这个任务——艰巨、富有英雄气概，在今天看来不可估量——

只是业已完成的一部分，仿佛是在一块广大无垠且凹凸不平的土地上耕耘，历经二十载艰苦岁月的辛勤耕作和心无旁骛的奉献，这景象到现在仍让我们深深景仰。他确实有很好的运气，这也是他作为一个总被不断烦扰、怒气冲冲的劳作者唯一能享受的东西了：在法国这座大花园的面纱之下，生活向他完完全全地展露了自己的样貌，这个素材既宏大又广阔，同时又有着清晰的边界和隐蔽的角落。他的世界性视野与民族和地方性的视野相一致，这一点应该说无疑是他最大的强项，但与此同时，我们都承认这也是他明显的缺点。然而，去讨论巴尔扎克的缺点还需要一些把握，我们有的是时间去做这些事，要认识巴尔扎克，它们是最没有帮助的标志——这些事情真的就好像一些风格异类的画家经常被称作只是精力过于旺盛而已。所以简而言之，即便这些被我们当成是缺点，它们也并不会招致什么怨尤。

首先，他所做的事就是尽力，且尽量引人注目地用当时的法兰西来解释整个世界。在他自己的眼中，他的作品既是人类的戏剧，又反映了形形色色的社会现象，它们是最为全面、最被铭记，且最井井有条的，因此也最易于系统化地观察和描绘。幸运的是，世界上还存在着其他有趣的社会，但它们的秩序相对来说就比较松散和混乱，也许因此范围更广，更有多样性，但却缺少那种大的封闭性和展示性，在排布上不够整齐和清晰，种类少、细分少，各种并置的对比也少。巴尔扎克的法国既能够为一部恢宏的史诗赋予灵感，又能简化为一篇报道、一幅图表。我们可以毫不迟疑地说，促成他成就的所有高贵品质同样能成就一个历史学家，因为他看待自己和处理素材的方式就好像是一个耐心的历史学家，一个真实的本笃会修士，一个描绘自己时代的画家。如果我们愿意这么说的话，所有描绘行为方式和时代风尚的画家都是历史学家，即便在他们最不像历史学家那样去创作的时候：菲尔丁、狄更斯、萨克雷、乔治·艾略特，以及我们当中的霍桑，莫不如此。但是，这位伟大的法国人和其他那些杰出作家的重要区别在于，他带着最丰富的想象和最为深刻的洞察。他还以科学的眼光看待他的素材，以素材内部各部分之间的关系为依据，怀着追求绝对精确性的热情和狂魔一般的胃口，想要吞下各种各样的现实。我认为，我们发现这些总体上表明了有关他的才华的一些真相，以及给他一个最终评价的最为近似的方法。一方面，他有着密集紧凑的想象；另一方面，他又不厌其烦地报道着那些当下的时事、资料素材，以及眼前的各种混合，并且，一种历史学家的冲动一直推动着他去整理、保护和解释它们。人们在阅读他的时候会扪心自问，如此多的计算和批评，如此多的统计资料和文件档案和这位诗人有什么关系呢？然而如此多的热情、人物和奇遇，和这位批评家与经济学家又有什么关系呢？这些矛盾总在我们眼前挥之不去，它来自作者超常的两面性，并且它也最能够解释他的怪异和困难。这说明了他的作品不够有风度魅力，缺乏在有趣的文学形式下所有的那种轻盈，说明他的作品有着粗粝的表面、严密的结构，在粗糙之余又极为丰富，当我们说只能看见树木而不见森林的时候，却又在心中产生了如此大的影响。

就此而言，一个彻底的崇拜者就可以毫不费力地立刻宣称，这种性格上令人困惑的双重性还做了更多的事，或者至少做了那最重要的事——毫无仁慈之心地（我指的是为我们自己而仁慈）让我们在这样一种关联下看到了我们梦想能看到的最不寻常的真实。显然这不是我们事先预期会从他那里感受到的东西，但我们的英雄在他那宏伟壮丽的风格之下，终归不只是一位艺术家了：这也许是可能发生的最奇怪的事情了，但人们必须赶紧补充一句，如果实际的差别之小不算更奇怪的话。他的天赋和影响如此之大，以至于这些异常之事最多只不过是为他的批评家们增加了兴趣而已。一个称职的批评家往往有着轻率的好奇心，总想知道是怎样和为什么——凭这一点，巴尔扎克对他来说就是个更为少见的例子，以表明强烈的好奇心也许会得到非凡的收获。是什么造就了一个如此恢宏伟大的艺术家呢？这是个足够有趣的问题，但我们感到在巴尔扎克的写作中，这个问题远不如另一个问题有趣，那就是什么在同样的程度上让他遭遇了挫败？那些支离破碎的片段和人物性格的碎片如此之多，且如此壮观，以至于使人产生迷惑。我们把这些碎片堆积在一起，当然会堆出极大的一块，它就会由此形成一个漫溢而出的形象。然而，这一形象所象征着的天才对艺术家来说仍然是一种教训，即便是完美本身无力给予这种教训，它也将其更深地带进了那特殊的奥秘之中。与此同时，至于它把他带到了什么地方，我无法在这样短的篇幅内试图去说明——这会损害我整个论述所贯穿的线索。我用一种更为简洁的方式坚持我们的论断，即创作《人间喜剧》的艺术家被那个历史学家闷得半死。然而，这个问题同时也关涉到对另一个问题的回答，即那个历史学家是否可能并不是一个艺术家——如果在这种情况下，巴尔扎克的灾难似乎就失去了可以为之辩解的借口。这个问题的答案当然是记录者即便可能富有哲思，但他也遵循着一套法则，而创作者即便可能实际上是饱学之士，却遵循着另一套法则，因此这两种法则无法和谐一致，如果更敏锐地去辨析的话，它们就是无法共存的了。巴尔扎克的灾难——让我们再一次这么来称呼它——就在于这种永恒的斗争和终极的不可能，这种不可能性解释了他在经典作品方面的失败，并且进一步延伸开去，它有时也让我们从美的角度把他的作品看作是一种悲剧性的白费精力。

再简单一点来说，我们认为两套法则的水火不容其实是构成一个人影响力的两种方式互不相容。他那自由的想象力会遵循的，或者一定可能会遵循的写作法则总是会被另一套十分相悖的法则所扰乱，遵循这套法则的是那个坚决的探求者，他寻求一个有用的结局，在他那里，除了天生的对自己那个艺术家同伴的厌恶，其他什么东西都不是自由的。比如《乡村神甫》这样一部作品，它讲的是关于葛拉斯伦太太的精彩故事，它趋近于一部杰作，但终究又差了一些。如果我占用一点篇幅来说的话，这部作品完美地展示了这两套法则的结合。正如我所言，如果葛拉斯伦太太的创造者注定要被分成不同的碎片，那么这部作品的前半部分就是最好的了，在这一部分中，作者用他无与伦比的能力，使人物真实地展现在我们面前，仿佛他们就是按照书中所写的方式去生活。因此，作品中所描绘的画面也十分坚定稳固——作者的这一才华来自他最大程度的精细观察，但与此同时，内在的洞察力又始终是保持警醒的，对于它来说，观念和现实同样生动，并且同样深刻而强烈。这种强烈性确实在巴尔扎克那里最大程度地体现在现实层面，在其作品中完全拥有了自己的力量，据我所知，没有任何别的作家可以与之比拟。他的触碰立刻就传达给了他的写作对象，那些人物随即被唤醒了，他们仿佛是某种石头，一接触空气就变得坚固和永恒。那使得形象浸泡在其中而变得坚硬的媒介，就是他的思想。只需多做一点努力，我们从其他地方了解到的那个充满各色人等的虚构世界相形之下就显得十分灰暗无味了。这种坚固性和生动性的结合是巴尔扎克最突出的优点，而这一点在《乡村神甫》这部作品——既然我已经举了这部作品的例子——中无处不在，并且没有一处不真实，直到葛拉斯伦太太带着热切的忏悔之心从利摩日搬去蒙蒂尼亚克，她决心为他人生活和工作，从而为自己那古怪且尚未被发现的阴暗罪行赎过。她的戏剧性是十分内在的，并且只要她本人，她的天性、行为、个人过往和所处的关系网络掌控着整个画面，并满足着我们的幻想，那么这种戏剧性就十分有趣，并且处在最高的级别。作者坚定地让它们发挥着作用：场景的整体建构，以及整个事件从我们迈过她那昏暗、沉闷的旧时出生小屋门槛那一刻起的发展，都十分地令人愉悦，让读者沉浸在本土化和物质世界的感受之中，这是巴尔扎克最至高无上的奥秘之一。然而，有一个典型事件会发生，那就是这种魔力只会出现一会儿——直到一定时候，他的注意力会冷酷地从内转向外，从他主题的核心转向边缘。

这就是巴尔扎克那惊人的两面性，也是他最为全面的自我表现。他显然非常不明智地把他的素材交给了他的双胞胎兄弟，那个热情满满的经济学家和检测官，那个永不满足的总调查人和报道员，无论如何，他都辜负了我们的信任，因为在这样的情况下，他的良知与开蒙他人的精神，即便对我们当中最好的人来说也是个教训。他那富有活力的性情比任何时候都更引人注目，都更标志着他所受到的那强大推力，从而促使他把自己的主题向前推进，即便它可能像是一辆超载的货车。因此，并不能确切地说，他失去了真诚，或者失去了把事件的最终细节摆在我们面前的能力，在这一情况下，这事件指的就是他的女主人公对房产和房客的管理，她的生意机会和经济头脑。因为在这些事情上，作者是从来不会退缩或手软的，相反，他总是态度坚决而强硬，把腰板挺得很直——这再一次让我们想起泰纳先生[5]那句简短的评价，即他既是一位艺术家，又是一个生意人。如果说曾有一位作家是双重性的，那么巴尔扎克肯定就是那一个，并且从这个意义上说，我们在阅读的时候几乎时常感觉自己把他当作是一位生意人兼艺术家。无论我们转向二者中的哪一个，都仍然存在着那种古怪，与此同时存在的还有两种特性承受彼此负担时所有的那种奇特的轻松感。我用负担这个词是因为，就好像二者永远不可能完全融为一体一样——看到了那摆在我们面前的，书中致命的"调性"转变，这是小说家不可饶恕的罪过——我们坚信，要不是这种奇怪的劫数是命中注定的，这两种特性的其中一个可能早已让我们，或者让作者自己安心地摆脱困境了。它们各自在解脱之后，通过更加隐蔽的融合，很可能会有助于获得一种从形式而来的趣味，或者无论如何也去追寻这种巴尔扎克没能体现出的趣味性。也许，用这样强硬的轮廓去构造出一个艺术家是这个世界上不可能发生的一件美事，它不过是批评家不切实际的梦想罢了。那让我们至少把这些推想和宽恕当成是随意的消遣，以及读者们自我认可的昂扬斗志吧——如果可以用昂扬斗志来形容它的话。我想说的并不是我们作者的困难之处——那是他的困难，一个大的困难——而是想说他恢宏而干脆的行动。甚至这也并不真的是一种轻松的感觉，并且奇怪且惊人的是，我们实际上是如此留恋他那缺乏统一性的特点——在表面上看似平静，而深入下去则危机重重——以至于在任何时候都未曾坚信我们不该再抱着最大的好奇心回到它这儿来。我们对于成功的好奇心，从来都不如对那些有趣的失败的好奇心那么强烈。因此，我们有更多的理由立即说，并且只说这么一次，在他的才华所发展的那个方向上，他的成功自然而然地就实现了。

我应该回过头来去论述的是他作为画家和诗人所涉及的无限范畴。我们永远也无法知道，如果他对生活的组织机制——它的装备和配件，从左到右覆盖全部——不那么无休止地去了解，不在事物的规则之下让我们备受折磨，甚至令我们感到窒息，那么他的身上又会发生什么情况呢？在这个意义上，事物在他的笔下既让我们喜悦，又让我们绝望；我们经历了过度地被它们吸引和说服，发展到后来感觉出他的世界里充斥着太多关于事物的气息，以至于那更广大的上空，那富有神性的精神就难以在这个空间里流通，因而岌岌可危。他所描绘的风景，他的"本土色彩"——在他的作品中十分突出，但在那个时代却几乎只有他的作品才会如此——他笔下的城镇、街道、房屋，以及索米尔城、昂古莱姆城、盖朗德城，和他用精美的散文所描绘的卢瓦尔河一带那透纳[6]风景画式的景色，他的房间、商店、室内装潢，家庭生活的细节和交通，这些构成了一份简短的清单。在其中，他看到现实似乎是吵嚷着要被表现出来，于是他便带着无比的权威性，通过这些形式表现出了现实。毋庸置疑，较之于试图基于一个更开放的空间去重现一个巴尔扎克，我们更受益于这个臻于完满的状态。就目前的情况而言，例如在短篇小说《石榴村》中，我们几乎不知道是否应该赞赏那对"自然景物"的敏锐感受，这种感受是如此充沛，就像是一只满溢的酒杯，为了美的缘故，也因为对自然之美的热爱，那去体悟和描绘的精力也大大增多了。或者，我们应该赞美的是那才华所带来的总的财富，它是那样难以估量，或者至少说是难以计数，但却被作者尽情地挥霍了出去。这个故事几乎就是因为其中这些迷人的景象而存在的——那些被树叶缠绕的白房子，建在斜坡上，俯瞰着弗伦奇河。坦白地说，我们想不到还有哪个写了这么多题材的作家还能像这样投入地描写景色，或者几乎凭一己之力把这些景色描写得栩栩如生。可以说，他是都兰的亲儿子，无论何时何故，他对景色和外省地区的描写都丰富异常，且充满了子女对父母一般的热情。必须加以补充的是，在他所描绘的场景中，最重要的一个方面始终是金钱。总体的金钱问题沉重地负在他身上，压迫着他，使他带着这样的问题贯穿了整部《人间喜剧》，这情景非常像是一匹骆驼，运载着货物在沙漠中艰难前行。对他来说，"事物"主要就意味着法郎和生丁[7]，而我则降服于他那高深莫测、难以理解的天性，他对于金钱问题极为热切的兴趣。这使我们一次又一次地感到诧异，巴尔扎克那极为出色的才能用在什么地方呢？正如我们都知道的，他的想象力可能在某种程度上都用来为金钱创造用途，但它超越这一点之上的职能则必定是为了让我们忘记世间存在着如此可憎的东西。而这是巴尔扎克永远不会忘记的。他的世界继续在他的面前展示着自己，从市场的角度，一直触及最偏远的角落，展现出最好的层面。然而，谈论这些事情归根结底是为了达到我们的目的，表明他非凡的规模和极大的全面性。我同样也不能确定他是否忽视了人物性格，是否在我们谈论过的"事物"之后也同样看到了热情、动机和个性。他让它们同样具体可感，他自己也同样是直接而自由地去描绘它们。总而言之，是他的全部作品——那些他立志全力发挥才能而作的巨著——让他在小说家中有了独特的地位，成为最有分量的一员。他的写作中存在着一些执念——对物质的，对财务的，对"社会"的，对技术、政治、公民的——因为它们，我感到自己无法对他做出评判，因为那判断会出乎意料地迷失在一种特别的同情之中。评价他的方法是试着去绕着他走上一圈——由此可以知道我们必须走上多么远的一段路。他是同辈作家中唯一伟大而不朽的一位，是在我们的道路上冉冉升起的最为根基深厚的巨匠。

二

然而，我们依然能够认出，这些重建的关联所产生出的最好结果，就是他作品中的样子，就是那些以各种名义表露出的对现实的痴迷。这使得我们在看他的时候就仿佛是从笼子的铁杆之间去凝视一头稀有的困兽。这相当于是一种让人倍受折磨的厄运，因为世界的各个角落都来向他伸手，如果这不是一种拒绝逃避的精神，又能是什么呢？我们感到他的劫数就在于他缺少一扇私有的门，并且即便只是模模糊糊地，他自己也意识到了这一点。因此，当我们谈论他缺乏魅力的时候，我们也许只不过是表现出了自己的贫乏。简单而言，如果魅力是他所缺乏的，那么他又是如何做到如此地打动我们，抓住我们——尤其如果我们确实，或可能同为作家的话——以至于让我们不安地意识到那种出于各种程度的屈服而产生的背信之感？也许，我们是在一种两难困境中深感激动，这其中之一就是我们对他有着暗含恩惠意味的同情。但是，由于想到我们的偏袒至少让他毫发无损，我们也就只得让自己听任这种情况的摆布了。这让他稳稳地站在原地，却只是把我们拉得更近，让我们一睹他所有令人敬畏的部分和特性。《人间喜剧》的构想就让它们展露无余，并且大部分是在欢乐和胜利之中把它们表现了出来——或者至少是在实行构想时做到了这一点。尽管如此，在重新的细细品读中，我们会发现自己不禁认为他最本质上是个残酷玩笑的受害者。这玩笑是命运所开的玩笑之一。二十年来，这命运驾驭着他飞速前行，并且不停地鞭打着他。想要做的事情太多，认为这是可能实现的，去直面这所需要的努力，又在某种程度上有所抗拒，感到生命由于这种自我奉献的勇气而被损害和消耗——对我们来说，这些东西在他那里形成了一种困扰的局面，并且奇怪的是，它们并没有因为他获得成功的事实而看起来减轻了一些。正是那种想做太多事情的想法成了一个陷阱，不管这一美好的信念伴随着何等可能的荣耀，他都跌入了这个陷阱当中。而当我们勤奋地阅读他时，伴随我们的却是不断加深的痛苦，痛苦于那美好的信念，痛苦于他不断增强的工作意识和他那宏大主题毫不留情的扩张，也痛苦于所有的条件都十分艰苦。在我们看来，这整个情景就仿佛是命运曾对他说：

你想要去"写"法兰西，你这大胆的、豪气的、不幸的人——你想要写革命的法兰西，复兴的法兰西，复辟的法兰西，想写波拿巴王朝、波旁王朝、法兰西共和国，想写战争与和平的法兰西，流血和浪漫主义的法兰西，激变与传承的法兰西，你所处的前半个世纪的法兰西？非常好！你是最应该这么做的，即便你那劳动的沉重叹息时常回荡在文学的殿堂，你也尤其应该让我看看你是多么热爱这份工作。

我们当然不应该去否认他的写作中存在着强烈的喜悦，那来自力量和创造的喜悦，那观察家和梦想家的喜悦，他的观察和梦想一出现，他就找到了用处。单单是一部《都兰趣话》就足以辩驳我们了，并且这部作品所体现出的风采也不仅仅出现在这些作品里。大体来说，他的作品都带着类似的幽默感，就像任何其他写这类题材的优秀作家一样，他一次次地让我们着迷和敬佩。我敢说，他不会不认为艺术家有着永远也无法描述的快乐。简言之，他在他的《人间喜剧》中过着一种最为广阔的生活，我们可以把这种广阔归因于那最为强大的包容力。他的主题中有着一些特别的部分，我们可以感觉到他从那里享受着乐趣，于是不得不压抑着那恨不能叫他停止的冲动——我承认，这冲动总是在涉及这部分时频频燃起。

　　所涉及的部分指的是他所描写场景中的一个特殊元素，他从未完全摆脱过这个元素，简单地说，这元素就是"名门望族"和大家闺秀。巴尔扎克毫不掩饰地沉迷在他对贵族的构思中——这从未成为他写得最得心应手的那个构思。从客观上说，这可能是拜他所钻研的社会为他提供的事实所赐，也可能归因于文学批评家在这个重要的鉴赏层面遇到了最为奇特的品位偏差。实际上，如果试图在整部《人间喜剧》中全面衡量一下那些名门望族在巴尔扎克的想象中所扮演的角色，那就是最有趣不过的了，而我一定要为此举做出点贡献。然而，我在这里只把这惹人喜爱的阶层看作是代表了作者最为自由和富有娱乐性的创造。这么说，我也完全没有在暗示这种娱乐性让他们蒙受了任何损失。对他而言，这些名门望族最为光彩照人之处就在于那些大家闺秀，她们所构成的画面色彩奇异、形式古怪，但却正如我们所说的，真实可"触"。她们极为有趣，标志着一种绝对的优势——在性格、机灵劲儿、意志和一般意义上的"个性"方面的优势——几乎在《人间喜剧》的每一个场景中，这种优势都归属于女性。而实际上，归属于她们的是一种公认的、无可争议的至高权威，正是通过她们，名门望族的等级秩序才最大程度地展现了出来，巴尔扎克无比自在地坐在中间，周围环绕着这些名门淑女，这场景简直就像一位过着奢华放纵生活的帕夏[8]被他那数不胜数的后宫佳丽环绕着。所有这些都再次证明——如果有这个必要的话——他的灵机，以及对此的感知，甚至比他要完成的工作更宏伟。然而，在一个老相识看来，对于他满腹才华中的那些悲伤的成分，这般自然之情的流露并不能做出多少改变——因为它本身就是悲伤的。当我们再回到他那里，就会发现他的志气简直成了一个牢笼，他在其中来回打转，不停地写了删、删了写，活像一个被判终身苦役的罪犯。这牢笼就是那错综复杂，且极为确切的法兰西世界，它在他心中牢牢地扎根，又沉重地笼罩在他的头顶。

即便我们和他一同身陷于此，我们也并不是在过早地寻求一个结果，与之相反，出于对它的一种特殊感受，我们让自己回到了他那古老的、废弃的、较为洛可可式的，以及十分家长制的法兰西——它纵然发生了社会和政治的动乱，却依然是家长制的；回到他已然过时的老巴黎，那么奇异迷人，又那么切合实际，它在想象中充满了已经不复存在的舒适和快意；回到他那被极度差异化的外省区域，它的每一处最显著或最隐蔽的特征都在提示着自己的差异性，虽然被系统地描写为既狭隘又单调的样子，但只要被作者那满溢的情感所感染，它就会萦绕在我们心间，挥之不去。在他所展示出的那个浩瀚世界中，他感受到了许多东西，然而没有任何东西能像外省一样，在他的心中激起那种富有感染性的震撼与颤动，那种持久的感知的激动——它并不总是一种判断上的狂热，那是另一码事。我们对他的一半兴趣已然来自我们的这样一种认识，那就是尽管所有的那些动乱、革命和试验袭来又散去，他所描绘的那个秩序还是旧秩序，于是我们对过往的感受固执地再次浮现，仿佛是回忆着那些我们已无可挽回地失去了的快乐时光。他的作品充满着对那个徘徊不去的旧日世界的描绘，在那个世界中，地方和人都还有着他们的古怪之处，他们鲜明的特征、他们强烈的风格，在那里，趁着陈词滥调还没到来，那些渴望突出事物的观察家可以事先一饱眼福。巴尔扎克对那些具有显著特征的事物是极度渴望的，然而可以说他是及时地赶到这儿来了，即便他常常说他看到的周围一切都好像不过是现代世界的最后一片荒地罢了。他那有史以来最为彻底、一以贯之和坚定不移的保守主义——并且即便他是那么想要像在黑暗中吹口哨那样给自己壮胆，仿佛吹的调调就是"哦，我是多么老派啊"！——无疑这是使他得以在自己的领域上耕作的最佳视角。但是如果说在这个位置上让他从远处就能嗅到的是那变革的极端残暴，那么反过来，我们就从主题和它的描绘者身上都闻到了那往昔的气味。它在他的作品中受到了无与伦比的保护——不含糊、不微弱、不易损，而是到今天仍像当初第一次被蒸馏出来的时候一样强烈。

　　如果说一个伟大的作家在这样一种信念中牢牢地把握住了他的机会，而我们却在其中发现了一种忧郁的情绪，那就可能会显得奇怪，因为这恰恰是我们通常衡量伟大作家是否幸福的标准。我得赶紧重申，我说的全部是出于同情——没有同情，说什么都是让人讨厌的；而怜悯之情又总是本能地投射到那些最能发挥它效用的事物上。那么这件事就绝不在于巴尔扎克自身能掌握大量的事物，而完全在于他带着极大的勇气让那条巨蟒缠绕自己。我们不得不使用那个常见的比喻——他给自己创造了弗兰肯斯坦的怪物。只有他的同道中人才最能体会他的感受——似乎从另一个视角阅读他的作品，而不去看他的真面目也是可能的。我们阅读了他一部又一部著作，看了一幅又一幅画面，还有那条大蛇缠绕着他的样子，尤其是我们这些做出了优雅表演的人，正如我们所知，我们的表演只不过是和那些小巧普通，或者花园里的蛇一起做的罢了。我坚持这一点是为了证明我的比喻准确恰当，那就是前文提到的他被自己强烈的激情"囚禁"了起来，带着这股激情，他把他的全部题材视为一个整体。坚持把事物看作一个整体是我们明智且高尚的举动，正如我们所铭记的，是杰出艺术作品的特定条件。那么在这一点上，巴尔扎克就有着最具典范性的智慧与品格。因此，他毫无疑问地可以感到满意了。没有哪个描绘者曾把自己普遍的素材如此这般地近乎看作是一个整体。那么如果我们真是巴尔扎克迷的话，为什么我们不是围绕着他快乐地喋喋不休，而是带着一种比任何单纯的训导说教还要深沉的思考，在他的身边徘徊不去呢？其主要原因在于如果你希望能带着一种纯洁无瑕的美德观念把你的题材看作是一个整体，但同时又仍然保留它为一种欢乐的谈资，那你就必须小心适度，免得它会把你紧箍致死。让我们换一种比喻来说，巴尔扎克那迅猛活跃的意图仿佛是一头有着一百只爪子的野兽，而这壮观的场面就好像是精力与精力之间的缠斗，在其中，那头野兽占据了上风。那受害者在五十岁的时候死于这场缠斗，而即便我们在反映着这场斗争的长廊里所看到的不是那受害者的战败，而是他令人钦佩的抵抗，我们仍然不会忘记这位战士和他的命运被关在了一起。他是把自己给锁进去的——无疑这是他自己的过错——并且把钥匙丢了出去。最重要的是，也许这种印象——关于那个冒险家既坚定又忧虑，但却绝不退缩的印象——来自他那可塑性的材质却是这样惊人的确实和坚固。如果我们是在一片开放的领域工作，那么可以说我们的材料都没有加以分门别类，因此我们手头就有上百种方式去变得松散、肤浅和虚伪，但对于我们那并不算小的利益来说，它们就可以被当作是了不起的东西。巴尔扎克没有"开放领域"，他认为自己的出生地和民族的故乡伟大、丰饶，处在中心地位，既有着万千的社会形态，又天高地阔、河山大好。然而，我们却似乎看到灾祸袭来，天塌下来砸在了他的身上。从各个方面来说，他都坚持不住了。如果一个批评家打算编出点关于一个文学大师的内容来，好进行一番平淡无奇的论述的话，那么这些或许算是精美的幻想。但我选择对它们置之不理的原因在于，对巴尔扎克迷来说，在有些方面，批评就是行不通的。我承认，这从来不是什么受到多大鼓励的冒昧做法，实际上批评家才是唯一有权利偶尔这么做的人。关于《人间喜剧》，没有什么明白晓畅的评述能让我们收起我们的码尺，合上我们的笔记本，就好像是对一个卓越的人物、一个神秘多面的陌生人才会做的那样，因为他身上带着属于自己的标准和气度。这样非凡的风度是会让访问者都感到羞愧的，因为受到触动而产生尊敬和惊叹之感，这位访问者会仅仅为了顾及对方感受而不再坚持己见。这当然得是一位绝无仅有的人物才行。巴尔扎克正是这样的人物。

三

然而，以上种种仍让我清楚地认识到，我千万不可在这里自以为是，把他那些博杂的皇皇巨著拆分开来，给它们标号、分组，抑或编排。我们最多能做的，就是从这里或那里挑出一部来，放在手里掂量它那充实紧凑的内容。这甚至就是泰纳先生在关于我们的作者的那篇篇幅最长、最深入透彻的研究文章中所唯一做的事。我们接触到的每一部作品都是如此的内容充实，紧凑得仿佛是为战争和探险特供的压缩食品，里面装满了生活的精华。因此我们发现自己带着某种情感把它扔在地上，就好像当我们毫无防备地碰触到什么东西而被它的鲜活吓了一跳时，就会把它扔在地上一样。我们真的很少希望有什么东西是这样鲜活的。实在只有巴尔扎克自己才能详细地分析巴尔扎克，事实上，也有一些足够忠实的巴尔扎克迷敢于挑战这个任务。阿纳托尔·赛尔贝先生[9]和朱尔斯·克里斯朵夫先生的《〈人间喜剧〉资料汇编》是一部厚达550页、排版紧密的八开本著作，它里面涉及了大大小小的人物，是一部无可挑剔的传记式辞典。由于他的崇拜者和阐释者人数众多，关于巴尔扎克的评论和研究文库也一定是最为丰富的。德·洛文尤先生一直在从事相关工作，光是他那部《作品史》就又是一部密集排版、长达400页的八开本著作。说到这里，我必须要提到沃姆利小姐[10]，一位热情投入的美国翻译家和崇拜者，她在自己的研究过程中常常于事实、日期、鉴赏等方面与德·洛文尤先生产生不同的见解。沃姆利小姐，保罗·布尔热先生[11]，还有许多其他人都证明了我们的作者所能激发的那种热情的虔诚。当我翻阅那部人物的百科全书时，我注意到鉴于这样的著作往往只是纪念一个民族和时代那些显而易见的俊杰，在这种情况下，每一个在这些虚构的芸芸众生里拥有姓名的人物都如此地名垂千古：这几乎是说，他们是被这样一位在虚构世界里施与生命的人所命名，于是就像我们说那些准男爵和贵族的话那样，他们也都被赋予了特权。正如我们所知，他无止境地继续切分着，进一步地分门别类，修改和成倍增加着他的名目和类别——他的《巴黎生活场景》，他的《外省生活场景》，他的《政治生活场景》，他的《穷亲戚》，他的《哲理研究》，他的《娼妓的奢华与穷困》，他的《现代史内幕》和其余的作品，因此为它们编纂索引就更加困难了。然而德·洛文尤先生却精神饱满、意图坚定，像是拿着一根粉笔在一块巨大的黑板上制定出了他的主题，并且怀着无比的耐心实行着他的计划，实事求是地在他表格中的每一栏填满丰富的示例，这些例证的出处是我们直到今天还不能辨认出的。从 1822 年至 1848 年间，他一年又一年地为巴尔扎克卷帙浩繁的作品制定列表，因而向我们展示了巴尔扎克几乎在任何一年中的创作强度。考虑到巴尔扎克作品的质量，这一强度是其他任何著作等身的杰出作家都难以望其项背的。

原谅我又一次回到这个问题上，仿佛离不开了一样：它笼罩着一个如此有趣的奥秘。这样一种牢固的、系统化的，以文学的方式向生活发起的全面评述，怎么能够和任何可行的、最低限度的短暂休息、欠缺的自由观察和少量的个人经验联系在一起呢？在最不济的情况下，也总要有一点个人经验和无关功利的生活，无论是发自内心还是得之于外，来滋养这架不停地忙于运转的机器吧？对于巴尔扎克来说，这些东西都算是奢侈品，他看起来真的从来没有足够地去享受它们。在他出版的那些信件中——它们是同等杰出的人物里所出版的最枯燥贫乏的信件——除了给德·韩斯卡夫人（他去世前不久和她结婚）写的那些是个例外，其余的简直就是那被铁链拴在船桨上的船奴所发出的声声哭号。在我们时代的小说家中，左拉先生[12] 是用了某种同样的方式献身于他那宏伟计划的一个，但相比之下，他因为是现代作家，所以身上体现了相当多的不同之处，这使得他的情况只能作为一个比较简单的例子。左拉的作品当然由于他的自我奉献而近乎枯燥无味，而且比巴尔扎克的作品还要更甚——考虑到相关的状况，巴尔扎克居然逃过了虎头蛇尾的结局，这真是不可思议。《卢贡－马卡尔家族》编年史中的方法和体系，以及它自身的经济体当然是最出色和最有趣的，它们从中心到边缘铺展开来，最后几乎成为我们唯一能从作品中感受到的东西。然而左拉先生在他的时代得以幸存并取得了成功，而且他的功名经久不衰，越积越大，如果这么说不嫌轻浮的话，他享受着所有的赞扬和**认可** [13]，这些都是巴尔扎克挥汗如雨地艰苦劳作也没有得到的。最重要的是，他还有着文学前辈的英勇先例来作为起点，并从中获益。这是"**家族之子**" [14] 获得的有益的遗产，他可以拿来享受、挥霍、保存，或者浪费。而除了他那些高难度的主题外，巴尔扎克实在是什么遗产都没有得到，并且也没有什么直接或现成的样板能够启发他的内心，或者对他的才华做出谆谆教导。在他总体的创作中，最奇怪的一点就是他很长时间以来都找不到内心的启示，他几乎摸索了有十年之久，在这期间，他一直住在深不可见的黑暗之中，一次次地与它擦肩而过，径直离它而去，背对着它，在它周围打转。我们朝这黑暗偷看了一眼，才发现他那无数"**早期作品**" [15] 中的一点枯燥沉闷的劣作。而左拉先生则十分幸运，他带着最愉快的心情和敏捷的意识，专心于《卢贡－马卡尔家族》的创作，就好像对他来说，只需环顾一下——我这么说并不是在贬低他视野狭窄——就足以达到目的了。

此外，要是巴尔扎克能惬意地想出那条时下流行的捷径——其他人在他眼皮子底下天天在走——他或许能写上个五百部小说，而且让我们一点儿也感觉不到他气数已尽。像大仲马、乔治·桑这样杰出的同时代作家都全力地发展出一种个人生活，以及一种宁静致远的意识，为了能更轻松地持续下去，他们并不会一直都像一个真正的描绘者那样，拥有要去做某一件事的执念。因此，巴尔扎克是注定要被他自己的性格构成所累，在他心中，一个观念早已根深蒂固，那就是"要做的事"是他事业的重要组成部分，是最核心的东西。对他来说，只有随着过程的进展和心气的坚定，那核心之事得以完成——而且也必须完成才行，在做的时候还不能耍任何把戏，那才算是他的事业。在他看来，未完成的事情中是不存在一扇吱吱呀呀的方便后门能让他轻松逃脱的。他渴望——比任何人都更甚——摆脱他的执念，但却只想从另一头摆脱掉它，那就是在执念中穿行而过。"他隔绝了外面新鲜的空气，简直就像是在阿尔卑斯山里挖铁路隧道。那么，他是怎么生活的？"这是在我们心中挥之不去的一个问题，而其后果在很大程度上就是我们迅速找到了那个相当富有悲剧性的答案。他不生活——除了在想象中生活，或者靠想象之外的其他帮助而生活；他的想象就是他的全部经验；他实在没有时间给真实的东西。这让我们认识到了一个或许是简单，但却意涵丰富的事实：他单靠想象力完成了创作，靠想象力制定了计划，并且靠想象力将其贯彻实施——在一个毫不庸俗的意义上说，他付出的努力和相应取得的成功，与遇到同样障碍的想象力所取得的一样大。我说面对不利因素，是因为以这个关于他的有趣事实，连同它所提出的要求一起作为依据，他达到了比我们其余所有人加起来都还要高的境地，正如我们所说，从而去探索细节、环境和详情，思考素材中各个部分之间的关系，以及它们的整体面貌。我们不得不一再重申，他认为整个事情都是可行的。在整个想象文学的领域中，没有人见过比这项事业更勇敢、更诚挚、更崇高的了。这，让我们再重复一次，就是那驱使他笔耕不辍的必要动力，也是让我们对他尤为敬仰的重要原因。要成为这样的伟大人物绝非易事。通过洞穿（或者至少试着去做）这伟大背后所隐藏的东西，我们就变得心软起来，说不准他最主要的品格是大胆无畏，还是纯真无邪了。

当然，在这一点上，不可避免地会听到一些更冷酷的批评家出来责备我们：他承担了所有的东西——哦真的，这沉重乏味的人！但请问，他真的把这所有的事"做"得比其他那些不这么自我标榜的作家要好吗？去驳回这个问题只能是一件乐事，这么高的音调听起来立即就像是这质询产生了效果。我们发现巴尔扎克的志向非常宏大，令人吃惊，然而与此同时，如果把他和他的志向放在一起，它们又终究只是讨我们喜爱罢了，这不啻为最有意思的一件乐事。它们之所以打动我们，不仅仅因为它们是我们无比崇敬的人所有的那些讨喜的怪癖，还因为它们恰恰就是使他成为这样一个人的条件。因此，我们首先把它们看作他宏伟计划中的重要元素，另外认为它们部分地构成了他那高度活跃、全面丰富的天性，因着这天性，他才能够在这样一项工程面前拥有自信。人们真的很少会愿意看到《人间喜剧》这样的大工程在完成的过程中不流露出一些作者的得意之情。认为这项工程可行的想法本身就实在是傲慢，并且是最罕见的那一种。因此，信心满满地去考虑这件事就隐含着一种自命不凡的抱负，但这抱负也承担着一定风险，一旦这项事业没有成功，它就看起来是骇人听闻的了。而那些更冷酷些的批评家会不厌其烦地指出，在两者之间，还是那自我标榜的成分大于他的成就。人们可能会进一步往最坏的情况去说他，指出巴尔扎克认为自己什么都能胜任，但这更多的是在发表议论的领域，而非在知识的层面。他的见解遍布各处，漫天飞舞——有关于最特别的事物，也有关于最普通的事物——让人头晕目眩，而等他从那里降落下来时，我们带着一种特别的纵容之情去迎接他。我们很容易就能想象出他的反应，他会——如果他有时间的话——和我们对视，幽默地向着这样一个充满善意和理解的笑脸坦承自己的所作所为。接着，他很可能会向我们展示他的计划和那些必要性，以及它们是如何绑在一起共同发挥作用的。自然地，他会把一切都讲给我们听，即便他怎么会有时间去学到这些是他最没有时间告诉我们的事；另外，这件事也不那么重要，因为我们并不是要友好地把他请过来，以便让他就自己的知识这一问题向我们使个眼色，给些提示的（别忘了祭坛后面有两个占卜师）。他坚定的信心就是他那伟大的，可以被谅解的"傲慢"，我尤其把它们当作是他写作的一般条件，他进行试验的构成条件，顺便也是他的安慰、他的支撑，以及他的快乐。它们接纳世间万物——在他的世界里，这指的就是他所处的时代中那个五彩斑斓的法国：宗教、道德、政治、经济学、物理学、美学、文学、艺术、科学、社会学，关于信仰的一切问题，学术研究的所有分支。它们表明了他在思想上的装备，对于一个渴望建立王国的人来说，这些思想是永远不可被剥夺的。他必须把它们带在身上，就好像一位特派使节必须带着他的文书、制服、星星、勋章、金色马车，以及胸有成竹的气度。巴尔扎克的观点就是他的金色马车，他感到驾驶着这辆马车比做什么事情都更快乐，而要想越过这片土地，马车又是必不可少的。还有什么能比这更不可避免的呢？它们应该是极度天主教的，极度君主制的，极度充斥着法兰西性格和法兰西制度的真正时代精神——就像他以为1830—1848年间所体现出的时代精神那样。

他应该是在前半个世纪结束前就享有着对前景的展望，这是最让我们开心的。于是他仍然可以把他的主题都当成相对同质的去处理。任何国家都可以有一场革命——每个国家都曾经有过一场革命。复辟只不过是革命中所包含的东西，而帝国对法国人来说只不过是一场革命性的事件。除此之外，对于小说家来说很幸运的是，它还是一个极具画面感的事件。因此，他按照对他来说最好的方式随意安排着喜剧的背景，让所有一切都恰如其分；与此同时，又按照他的观念，使它遵守最为高贵的传统。教士、国王、贵族、资产阶级、人民、农夫，他们都各居其位，并且每个人都牢牢地维护着这一等级，这些都是宝贵的东西，他过度地强调这些东西，因此付出的代价就是我所指出的，他的议论过多。这是一种奢侈，其原因有很多，不过我马上要说的这一条原因是相当重要的一个。在前文中，我用祭坛后面有两个占卜师在交换意见来比喻他和一个思维敏锐的朋友的交流。这个比喻的意思仅仅指的是他臣服于那个朋友标榜的论断。这个朋友向他表明的观点——一个既美丽诚恳，又富有批判性的观点——就是，谢天谢地，他对这世上任何事物的在意都不及对男男女女之间的情感和纠葛，对性格的自由发挥，以及对风格的鲜明展示那么在意，这些都是戏剧的真材实料，是小说家的天然养料。作为一个系统存在，宗教、道德、政治、经济学、美学可能适得其位，但它们都处在非常次要和附属的地位。巴尔扎克的态度一次又一次地表明，他之所以关心冒险和情感，正如他最后所说的那样，是因为他关心国家的利益和她的伟大繁荣——因为把整个社稷记在心间，他的傲慢之情才油然而生。而在我们这边，在无数个地方，我们都欣慰地看到他关心他那君主等级制的、基督教的社会，因为在他的脑海中，这个社会已经成为他那数不尽的所有喜剧最为和谐、广阔的剧院。最重要的是，对于一个憎恨肤浅的描绘者来说，它有着难以估量的好处：积淀深厚，特征鲜明，色泽精美，对比强烈，又有着足够的复杂性。当然，自 1789 年起，社会上就出现了相当多的离散和迷乱，但那深厚的传统最多是被遮盖住了一半，它就躺在所有这些的下面。所以，他全部的信念，和他工作上全知全能的不小的部分，不多不少，正是我曾经谈到的那个鞭策他进行创作的历史感，并且没有任何小说家像他一样拥有这种感知。我们立刻就感觉到，把这种历史感和他联系起来就能回答他所提出的所有问题，并且同时也反过来可以解释他的每一种特质。那些长篇小说、短篇小说，以及不管多么短小的段落和句子本身，那些情境、人物、地点、流露出来的动机、发表的演讲——这些东西在他眼中都是历史，带着绝对性和历史的尊严。这使他的作品具有分量，同时也是他的一笔财富。那么如果不是富有生机，充满热情地，且不断追求增长的知识，历史感究竟是什么呢？我曾经说过，他的想象力成就了一切，除此之外没有其他的解释——如果不考虑他个人知识足够渊博的可能性——能解开这一奥秘。因此，他的想象力创造了奇迹，彻底把自己化成了各种各样的知识。因为历史依赖文献向前推进，他便出于需要，也创建了文献——它们是虚构的原始资料，模仿着生活中实际的东西。这当然是个苦差事，但至少他作为一个创造者的身份因此而得到了证明——而这正是他将要表现出来的东西。

四

即便是按顺序一个个地细数他的特点，从而对他的精神特质形成一个最为粗略的描述也是很好的：通过一个接一个地梳理，最终看到一个清晰的全貌。这些特点的每一个都在大声恳求不要将它们忽略，而且当然是出于这个原因，一旦我们确定了一个特点，它似乎就最能融入那个整体的面貌当中。我一直太过沉迷于他的整体气质，以至于发现手头几乎留下了一份完整的清单，上面列出了他那些生动有益的特征。在任何关于巴尔扎克的研究中，这样的清单都令人愉快，因为它既让人受到启发，又使得研究成为一件快乐的事情；我们从他那鲜活面貌中的一项特征梳理到另一项，带着同样对生命的感知和同样旺盛的好奇心，拨开一部小说中那茂密的灌木丛，一路前行。其困难之处，确实就在于正当我们观察到他的一个特别之处时，它就融入其他特点之中，在我们眼前被一个惊人的团块所淹没。当法国人用**完整的** [16] 来形容一些人物的时候，他们就是用上了一个最圆满的词，而如果说这个词是为巴尔扎克发明的话，那就再确切不过了。他的"完整"性在小说家里无人能够媲美；他总是以他的全部特征来写作；我们发现他在任何时候都表现出极大的丰富性；不管他运用什么手法，他都调用自己全部的机能。他就像是一支部队，集结起来用相同的方式去包围一个村舍或者是一座城市，并且无论是哪种情况，都贪婪地把那一带扫个精光。不管怎样，很有可能，他对社会观念和对"两性"实际的至高地位的痴迷在人们的清单上被列为第一项；可能没有比现在更好的时机来大量重印《两个新嫁娘》，冒险地把它放在那里了。在这里，我们着实得到了一个典型的例证、说明，正如我所言，巴尔扎克一个侧面的极好展现一经我们的接受，就变成了对另一个侧面的极好展现。路易丝·德·绍利厄和勒内·德·莫孔伯的书信往来实际上就是其中的一个例子，它带着金色的光芒，一下子照亮了他所有的特征。我们无须借此表明这些特征自身都是金光闪闪的——比如说，在他关于名门望族和大家闺秀都是那么出类拔萃、卓尔不群的观点中就有很多浮夸之处。然而，我们确实想要表达的是，他的创造性在这样的素材中找到了最能大放光彩的一个时机。再一次地，我们带着喜爱之情发现了他的华丽堂皇，以及他那附着其上的傲慢——是那种富有才华和情感的"粗鲁之人"会有的傲慢；再一次地，我们看到它的各个要素是如何在机会来临时发生震颤，相互作用，形成一种彻底的创造的狂喜境界。

这样的一个人为什么不能傲慢呢？他使我们转而去扪心自问：是谁创造了一个从头到脚都是最为光辉夺目、最具有历史意义、最为傲慢，尤其是，最精细复杂、最具特征的贵族阶层呢？巴尔扎克把他喜剧中所有的上层阶级装在口袋中，上到王室、公爵和那难以形容的公爵夫人，下至他那外省[17]的穷男爵，好像他手里握着一副已经摸得相当熟悉的牌，只要牌局的时机一来，就带着至高的权威把它们分发出去。他对他们了解得相当透彻：他们那总是一丝不苟地展示出来的纹章，他们的盾徽、家谱、任职情况、联姻情况、姻亲关系、旁系分支，以及其他迷人的特征。这些相对来说确实只是简单的知识；而那真正令人赞叹的是其背后让我们流连忘返的贵族意识本身，那些爵位加身、辉煌荣耀的人在内心深处的神秘精神、性情和腔调——尤其是这种腔调。这些问题在喜剧的每一个场景中都得以成倍地增加，没有人如此使我们在这样一片云雾中穿行。相较而言，其他地方的迷雾最多只是一些不值得去问的问题罢了。这被我们的作者当作模特来描绘的贵族意识是否真的像他到处表现出的——他的表现几乎不含讽刺意味，并且事实上常常带着某种诗意的同情——那样愚笨得要命吗？他的想象力就栖居于此，呼吸着它的香气，像美食家一般咂摸着把它吞下，但我想我们直到最后也不会知道，他究竟是在直接地记录历史呢，抑或只是误入歧途地进行浪漫主义的描写。他那浪漫主义的一面和其他各方面加起来的总和一样多。这以一种最为奇怪的方式表明，他想要逃离那个自己亲手所建的、由砖墙屋顶封闭起来的结构——表明了他渴望着那个隐约可感的外部世界，并且也可能同样在渴望着世界上其余的地方。然而，他的特点就在于他为寻求解脱所能做的最多就是把幻想带进来，然后通过某种方式让它适应自己的条件。他描写公爵夫人和侯爵夫人的那种语调是否不过是一种引进而来的幻想？它们中的一个打碎了现实的窗玻璃，于是即便是顽固不化之人也时而在心里起了涟漪？抑或我们把它当作是观察的产物，是真实的报道，是出于它和我们对自然之物的理解大有不同——并且，和我们对人造物的理解十分相像——体现了另一种全然不同，但更加令人愉快的风格，并且在实质上是真实的？在《幻灭》中，德·巴日东太太和吕西安·德·吕庞泼来一起来到巴黎的时候，德·埃斯巴太太被他的外套、裤子和其他物件吓了一跳，因着她的压力，德·巴日东太太就把吕西安给"甩"了，这一整个片段要么是一份耸人听闻的优秀历史文献，要么就是由毫无根据的幻想所构造出来的。那最令人惊奇的，我很高兴能指出这一点，就是我们永远不能真正辨别出是哪一种情况，并且是因为我们读了所以感觉我们做不到，而与此同时，又没有任何其他作家能让我们如此不能自拔地沉浸其中。它是制作出来的——我们总是被打回到这个问题上来，我们摆脱不了它，而我们能做的就只有指出真实本身并不比做出来的更胜一筹，并且如果人造的东西以这种方式和真实相同，那我们就一定不要再去探求两者的差别。在小说家当中，只有巴尔扎克一人拥有这种持之以恒的秘密，从而使得真实与人造之间没有差别。他把事实都暖化进了生活——为之证明的就是我刚才引用的那一个片段，它是如此确实可信，与真实的结合天衣无缝。如果刚才讨论到的大家闺秀们不能像一对神经质的势利眼一样举止不佳，不会也不能够行为不得体，我们扪心自问，为什么这样反而对那些提到的大家闺秀来说更糟糕呢？我们知道她们是这样的——她们如此这般的行为是因为我们就是这样看待她们的，而我们永远不知道我们还可以用什么其他的方式去认识她们，或者如果换一个不同的角度去看，她们会是什么样子的。

这和路易丝·德·绍利厄的情况一样，身为一个年纪轻轻的姑娘，从修道院学校出来后带着相当的成熟世故，足以让一个马贩子寒心。她冲着自己相熟的朋友，一个应该和她教养水平相当的年轻人，为自己的"社会地位"表现出了十足的自得自满，这真让我们不敢相信。不久之后，同样的情景又出现了。迫于这场面描写得紧扣心弦，我们按捺住了自己更清醒的理性，或者至少是按捺住了自己受到惊吓的感觉，忍受了她的夸夸其谈。不仅如此，我们还不再关心那个问题，它消失在了整幅画面那激烈情感的融汇当中。通俗地说，他竭尽全力地去抓取他的主题，他的热切渴望使得他最强劲的对手们也对我们影响甚微，就好像是在一个无聊晚宴上，被互相引介的陌生人之间那冷淡的交际。他把主题挤压得直叫唤，我们很难知道这是因为喜悦还是痛苦。拿我们眼前的这个例子来说——无须一本书一本书地翻看了，在这里也无法做到，我尽可能利用已经讨论过的内容——他已立刻察觉，在这一方面，婚姻状况本身，往它的深处探索，就是他真正的主题。当然，他是在自己的条件下发觉这一点的，但他仔细掂量了这个主题，从各个侧面去感受它，并且全凭自己去判断，也不屑于参考其他任何相关的枝节问题。为了让情感更强烈和深刻，他钻进了他那"两个新嫁娘"的每一寸肌肤——一个接一个地探究，因为她们彼此有相当大的不同。因此，重申一次，与之并立的其他表现女性的方式，或者表现任何人的方式，都变得缺乏真实所具有的那种生动的

110

扭曲，因此相较而言就显得呆板。他仿佛是和德·莱斯托拉德的夫人一起生儿育女，因而深切地了解她怎样因孩子而受苦，也同样深切地知道她的通信人如何既因为没有儿女而高兴，同时又因此而苦恼。他这样一个大人却让自己像个小孩，任她带着母性的热情去对待他，反过来，他也利用幼儿的天真无邪来主动地操控她。这些都是他的花式招数，是他那敏锐洞察力的技巧性小游戏。但是毫无疑问，正是在他的笔下写出了路易丝·德·绍利厄强烈的妒忌，她智慧的自如表达，以及她那对自我中心主义的最为美好诚挚的信仰，在这些方面，他是最别具一格的。这是最为绝妙的例子之一，它表明了他那非凡的天赋，也就是他能够将一个特定的人物表现得淋漓尽致的那种艺术——事实上它也不是一种艺术。我说它不算艺术，是因为它对我们来说更像是一个如饥似渴的人由他所具备的一种特性去自由地呈现另一种特性——通过感觉的直接方法来呈现。艺术这个概念是对我们大多数只有艺术工艺流程的人而言的，相对来说就很生硬。而在他那里，它就变成了不仅仅是思想层面的，还有毫不羞耻的人身的和肉体的双重性——这就是他能像转世一般进入角色的精神和奥秘所在。

你真的读懂福楼拜和《包法利夫人》了吗[1]

他在智识上是由两个截然不同且相互
分割的部分所组成的，
那就是对真实的感知和对浪漫的感知。

关于古斯塔夫·福楼拜，我现今发现的第一件事，并且在最开始[2]想要说的就是埃米尔·法盖先生[3]在《伟大的法国作家》系列丛书中对福楼拜的评论十分清晰透彻，因而几乎要让后来的评论者望而却步。我首先要向法盖先生详尽的研究致以敬意，它确实称得上是同类研究中的典范和里程碑式的作品。没有哪个批评家对如此高级别的主题能有比他更透彻的分析，也没有谁用这种方法所进行的讨论能比他的讨论内容更丰富有趣。简言之，没有人对这门复杂艺术的掌握比他更加娴熟，在热切的求知欲的驱动下，他的评论也比所有人都更富有洞见。这是我发自内心的想法，我提到的这本小册子十分了不起地没有把这一主题留在发现它的原地。法盖先生的评论对人大有助益，不过，我经过再三考虑，觉得它还不至于光彩炫目到让别的批评家不敢再发表观点。这其中的一个原因就是虽然我了解了法盖先生所说的全部内容，但我注意到仍然有些事情——或许尤其是在有关艺术家，也就是在福楼拜同辈艺术家的领域——是他没有谈到的；另一个原因是在英语世界中，人们不可避免地产生一些专属于自己民族的特有反应。因此，我斗胆在这块即便已被如此彻底地耕耘过的土地上跟随前人的脚步，谨以此向这部最新也是最出色的作品表达敬意——因为它的作者让人不得不这么做。

福楼拜的一生几乎就是笔耕不辍地创作文学的一生，因此，谈论他的五六部小说就能很好地诠释他的全部生活。在经历了五十九年的写作生涯后，他于1880年去世。在这五十九年中，他在活动领域、财富、态度、工作、性格等方面，尤其可以说在思想的方面极少发生过改变。抛开他作品的价值不谈，只是因为他是这样亲自为我们做出了榜样，树立了形象，如此表现出了智性的典范，就足以让小说家群体对他产生兴趣。他天生就是一位小说家，他作为一位小说家去成长、生活、死亡。他的呼吸、感觉、思考、谈话、行为，生活中的一举一动，都只是作为一名小说的信徒来完成，尽管他作品的数量并不多，尽管这已算是他一生勤勉工作的成果。事实上，说他生来就是小说家，且作为小说家过了一生，不如说从根本上来讲，他生来就是文人，且度过了文学的一生，因而对他来说，几乎必然会让人用一种文学的方式对他进行描绘。而在如此个性的重负之下，一旦命中注定有此劫数，那么无论寿命多长，勇气多大，运气多好，都是不足以支撑他的。之所以说他的情况是一种命中劫数，是因为他从写作这项工作中感觉到的几乎只有艰辛。他有许多奇怪的地方，但最奇怪的一点在于，如果我们从他写作的困难谈论到他的作品——那种困难体现在他的字里行间和其他地方——我们就应该预计他写出的作品是最微不足道的。我们应该做好在他的作品中几乎看不到任何才华痕迹的准备；应该为之感到遗憾，因为这个不幸的人没能从事一项至少让他感到相对容易些的工作；还应该完全地错失掉一部艺术作品在喜悦的状态下被创造出来时会拥有的那种神圣性。这就是福楼拜了不起的地方，他留下的作品有着非凡的艺术水准，即便对这些作品的构想无法让他平和地思考，据我所知，迄今为止还无人能够在这一点上和他媲美。当然，写作的阶段，从真正开始写作的那一刻起，就总是个棘手的事——而且关于这一点最近已经被写了很多，但是我们常常发现福楼拜咒骂他自己的主题，希望自己当初没选择它们，为已经做出的选择奚落自己，并且在坐下写作它们的时刻还带着恨意。他极为在意牵涉其中的方法、任务和成功，但却是最无法解释原因的那一个。他仅仅是靠着愤怒和努力的习惯来支撑，纯粹的对文字的爱似乎在早年就已弃他而去，更无须说是对生活的爱了。在他的通信中，有些段落甚至让我们怀疑支撑他的最大力量是不是恨。因此，当他的一些无比完整且出类拔萃的作品成功问世，我们应该确信不会再有这种类型的作家会在如此的困境中获得同样的幸运。

我坚信这一点，是因为他那狂热又带着迷惑的热情是其生命的关键所在，并且也勾勒出了它的轮廓。我必须起码按照我对他的感觉来谈论他，并且按照他生命的最后几年，我有幸偶尔见到他的情况来谈论他。我刚才说过，实际上，对于我们中的大多数人来说，他就是那一个小说家，热切专注，具有典型性，因此在经历了时间的冲刷之后，他似乎看起来集中而缩小、简化且稳固。时间的流逝使他在长期的姿态中显得极为客观，甚至让他看起来像是自己的一部作品，让他构成了一个主题、一个形象。毫无疑问，通过这种方式，他在范围上的局限性，尤其是他所能达到的极限都充分地表现出来，然而这或许并没有损害他的名声。如果我们对他的思考能够让我们形成一种基于双重基础的温柔之情，也就是他在写作这项事业中极为受苦，并且从他那里有着学之不尽的东西，那么我们就同时记得，整个世界都间接地拥有着他，而且不亚于他的同行[4]对他的拥有。他滋养和启迪了他人，并慢慢地在他们那里渗透开来，于是，他由此建立了和公众的联系。按照他的理论，他和公众之间有着不可逾越的深沟高垒，那是他自己亲手挖掘而成的。尽管如此，我要重申，他作为一个即便够格却仍然失败的人，比作为一个即便需要解释却仍然成功的人要更加有趣，并且正是通过这种方式去看待，他写作生涯的整体性才能体现出来并忠告他人。除了一定程度上的健康原因（由他的癫痫病造成，有时发作频繁，但从未频发到被普遍察觉到的地步）以外，他不像其他文人那样在表面上受到阻碍——顶多是有个紧张的兄弟关系，然而一些最不可能发生的事似乎还是发生在了他的身上。作为一名外省杰出医生的唯一儿子[5]，他继承了适度的悠闲安逸，唯一的负担就是——和巴尔扎克的情况相同——他那过度关怀、缠扰不休的母亲，然而自由是在一层面纱下和他交谈的，并且当我们谈及了他经验中少数显而易见的事实时，我们才完成了他的人生传记，这些事实超越了他那些间断发表的作品，构成了他生命中的里程碑。他高大、强壮、仪表堂堂，使得朋友们都倾慕他那考究的老式诺曼人派头，而作为一个富有想象力的人，他似乎也在自己的身形和风度中，在那凸出的浅色眼睛和长长的黄褐色须髯中发现了种族特征的遗传。

他人生中的一个核心事件就是1849年和马尔西姆·杜·坎普先生[6]一起到东方旅行。关于这次旅行，坎普先生在他的《文学印象》中留下了十分有趣，并且可以说是有些轻微背叛意味的记录，而福楼拜则因为这场旅行而陷入一种乡愁的状态中，这乡愁不仅从未在他心中散去，并且还成为他创作的动力。在那一年，他得到了刚好足够的启示，这启示来得尤其恰当合宜，是诸神在某个时刻会为艺术家降下的福祉，除非他们恰好偏偏合谋起来与他作对：他浅尝到了今后用来衡量万物的知识，并且用它来要求万物，因而发觉万物都平淡无奇。很可能从未有过哪种印象能够如此被彻底地消化吸收，如此明确地转化为一种功用，他依此为生，直到生命的尽头。我们可以说，在《萨朗波》和《圣安东的诱惑》中他几乎因此而死。从那以后，除了去世前不久那次让他厌恶的到瑞吉－卡特巴德去的旅行之外，他再没有过一次哪怕是微不足道的旅行。毋庸置疑，对他来说，当时的德法战争本身就好像是死荫之谷，但是这场战争毕竟是场和千百万人一起经历的磨难，和他人生中经历的其他磨难不尽相同。他终身未婚——在生命的尽头，他曾向最了解他的密友宣称，他从一开始就"惧怕生活"。我们认为，他晚年所享受到的最深厚的友情来自和最为成熟的乔治·桑夫人那令人羡慕的、轻松舒适的交往，而乔治·桑夫人也正是我刚提到的那位密友。他们之间的交往为我们保存在了两人各自的书信当中。他与伊凡·屠格涅夫的友情几乎可以和与乔治·桑的媲美；他每年都在巴黎待上几个月，在那里（为了提到所有的事），只要他愿意，就能够在马蒂尔德公主[7]的小文学沙龙里自然地获得地位。最后，在他生命即将走向终结的时候，他损失了他那笔并不丰厚的财产中的一大部分，但这并非出自他自身的过错。然而，他主要展现给我们的长期安定生活是在鲁昂附近的克鲁瓦塞度过的，在那里他离群索居，几乎从未被打扰。在他那宽敞破旧、有着许多窗户的房间里，隔着阳台就能眺望宽阔的塞纳河，以及来往的航船，在那个房间中他写出了一本又一本著作。这几乎就是一间修道院的隐修室，隔绝了各种声响和大小事情；除了拖船的牵引链划过水面时发出的嘎吱声以外，它长久的宁静极少被打破。当我补充说到福楼拜业已发表的书信提供了一个不太令人心旷神怡的视角，从而使我们看到了他年轻时与露易丝·柯莱[8]夫人——我们之所以提到她的名字，是因为她实际上很久以前就承认自己就是那个福楼拜信中提到的女子，显然她并非羞怯之辈——的情感纠葛时，我应该把这件事编入他的生平纪事当中。如果可以再进一步说的话，在他免于这等纠葛的一生中，与柯莱夫人这样的交往就仿佛是在沙漠中冒出头来了一般。

　　他的纠葛来自精神，来自文学的想象，并且虽然他完全是世俗的，但本质上他是个隐士。然而，我可能因为没有最后补充这一点而有所疏漏，那就是在他定期待在巴黎的几个月里，他的朋友们是可以随意地找到他的。他敏感、热情，至少在乍一接触时是友善的——因为如果说他厌恶那些抱成团的同时代人，那么多亏了他有充满人情味的羞怯，这种厌恶感在与他们中的个体接触时就会消失——他尤其特别的地方是他毫不平庸，并且他对男人的吸引力也许更甚于对女人的吸引力，使得人们对他产生出一种显著的，但绝非乏味枯燥的尊敬之情；这种尊敬并不像它给人的印象那样建立在一个含糊的假定之上，而是几乎就针对他的与众不同和古怪，因此毫无疑问，它和钟爱之情没有太大的差别。无论如何，他的朋友们都属于一个富有和热切的群体，在他们当中，他那生动活泼的个性让他间或能够成为一个自然而超越的中心，也许一部分的原因是他亲切友好且无拘无束。他直到下午都穿着一件方便交谈的长长的晨袍，搭配穿着一条裤子，这身打扮总是和法国文学联系在一起——穿着它谈话确实很自在。他常常在冬日的炉火旁自由自在地交谈，因为他的朋友圈子里几乎都是他同时代人中的精英，是他这一代人或下一代人中的哲学家、文人或者企业家。在我的记忆中，他那时有一个小小的寓所，在高层，位置很远，几乎到了圣奥雷诺市郊的尽头。在那里，每到周日下午，在无尽的楼梯顶部，就能遇见大部分遵循普遍的巴尔扎克传统的小说家们一边吞云吐雾，一边在烟雾中交谈。出身背景和风格特性与之不同的其他小说家明显不在其中，甚至都想象不到他们可能会在场；除非是我记错了，当时那些小说家里没有一个人的作品在《两个世界的评论》[9]上连载。尽管有勒南[10]和泰纳与其他两三个人，但《两个世界的评论》的撰稿人绝不会在这个圈子里怀疑自己的脚踏上了故土。如果愿意的话，人们就能回想起那些最著名的"自然主义者"有两三次生动地提到了他，但它们不是最适合引用的——比如，维克多·舍尔比利埃[11]先生和奥科塔夫·佛叶[12]先生对他的提及。笔者回想起的是埃米尔·左拉口中提到过他这位最后的伙伴的简要资历，这是那个全神贯注的旁听者太过直接而鲁莽地请求他讲的。唉，但是我却无法在这里重述他所讲的内容。除了谈话就几乎没有别的什么了，而这些交谈都极度的热烈且内容丰富多样；在我的记忆中，除了壁炉台上放着的一件遗物纪念品——一座相当大的刷色镀金神像——以外，差不多就没有其他东西了。福楼拜身形高大且带着羞怯，但他面色红润、声音洪亮，而我对他主要的印象是他身上那种彬彬有礼的气质，一种在人际关系方面上的平易亲切，他只需要确定所采取或将要采取的交往方式。法国人在决定与人交往的方面所表现出的犹豫不定时常让我感到与他们在确信的事上表现出的果断坚决相辉映，因为我们大多数时候感受到的是后者，事实上这有时候使得他们那不确定的一面显得更加引人注目，简直让人感动。在这种时候，我认为人们要和他们接触，就比和世界上任何其他人接触都要更费力一些，而且可以说，他们牢牢地安坐在家里，别人就完全按照他们的方式到他们眼前来，使他们养成了要事先承兑自己利益的习惯。至少我们英美民族更多地居住在海外，四海为家，在交际往来的基础方面就更加潦草和肤浅，同时也不那么富有智慧，因此更能接受廉价的住所。我们非常清楚，这些住所毫无吸引人的地方，但是带着这种温和的性情——它遮盖了我们的愚钝——我们会出发到任何可能提供娱乐的地方去。不管怎样，由于那间位于近郊的高层小屋里几乎总有一些其他人和其他的声音，我的记忆都被简化了。对我来说，福楼拜自己的声音最清晰而不可磨灭的时刻，是在一个冬天的工作日下午，我看到他一反往常地一个人坐着的时候，在他因为什么原因开始对我朗读泰奥菲尔·戈蒂耶[13]的诗，来支持某个他匆匆做出的评判的时候。他引用这首诗作为例证，说明它具有极为强烈的、别具一格的法国风格，并且饱含法国式的忧郁气质，这是在歌德[14]、海涅[15]、莱奥帕尔迪[16]的作品中所没有的，在普希金[17]、丁尼生[18]，以及他所说的拜伦[19]的作品中也完全找不到类似的东西。在那一刻，他让我认同了这一见解，这既是由于对这一观点的认知，同样也是由于他掷地有声地发表了观点。在那之后，十分糟糕的是，我不仅不得不承认自己未读过那首诗，而且后来即便是找遍了戈蒂耶的每一部作品，我都没能再发现那首诗。也许这终究是件让人高兴的事，因为它使得福楼拜那洪亮饱满的音调——这是那个场景中最让人深深铭记的——更加挥之不去了。实际上，要不是因为那首诗的韵脚，我会以为他当时对我读的是他自己的哪一部奇怪又华丽的作品。听他朗读作品确实是一件少有的事，照他的说法，就是喊出[20]作品。一方面，我觉得，诗歌总是陪伴在我们身边，并且任何一个友善的傻瓜都能评价它。在另一方面，当他让自己像传说的那样经常在朋友中间竭尽全力地把作品"喊出来"时，对《萨朗波》和《情感教育》中许多片段的评价就产生了出来。

最使他具有表现性和可描述性的东西之一——如果我们把他创造成一个示例或一个角色的话，我们就会按照这样去设计他——就是他在智识上是由两个截然不同且相互分割的部分所组成的，那就是对真实的感知和对浪漫的感知。因此，根据我们现在的认识来看，他的作品就恰好生动地分为了两个部分。这种区分就好像圣甲虫背上所分出的区块那样鲜明，虽然它们之间的对比无疑是内心冲突的终极显现。法盖先生在关于我们作者的双重性问题上有着令人赞赏的研究，他的确阐释了福楼拜作品中那能够进入现实的浪漫主义，以及能够进入浪漫的现实；然而，他让我们感觉他像是一种奇特绝妙的昆虫，长着色彩花纹互不相同的一对翅膀，如果说右边那只是亮红色的，那么左边那只就是明黄色的。这种双重性显著地发挥着作用，它把《包法利夫人》和《情感教育》放在一边，而《萨朗波》和《圣安东的诱惑》则被放在另一边。

我认为还不能说《布瓦与贝居榭》已经被放在哪一边，或者被以任何方式对待了。如果这就是福楼拜发现他的主题无法成立的方式，那么没有任何作品能像《布瓦与贝居榭》那样让他有如此的感觉，但也没有哪一部作品似乎因此让他如此看重，于是一直坚持到了最后。后人都赞同这个主题难以成立的看法，但却宁愿断绝剩下的思维逻辑。然而也许，为了对称性的缘故，在我们关于昆虫的类比中，可以把《布瓦与贝居榭》比作是尾巴——如果圣甲虫有尾巴的话。只有在这种情况下，我们也才应该把绝对最具想象色彩的《三故事》这本小册子加上，作为昆虫尾巴上的那个尖。

福楼拜的想象力十分丰富和出色，虽然奇怪的是，他的杰作并非他最具想象力的作品。毋庸置疑，《包法利夫人》是他最优秀的作品，而这部作品讲的是在一个美丽的诺曼小镇上，一名乡村医生的妻子的故事。这幅图景中的元素是最稀少的，女主人公的境况是低下的，而在引发兴趣的方面，相关的素材是最没有前景的，然而这些事实只不过使得天才创作时会发生的无数事件中的一件更为突出而已。《包法利夫人》的成功是由其环境和各种原因所注定的——可能作者相对的年轻和真诚所导致的饱满的精神状态是主要原因——它一定会获得它的地位，虽然它的主题否定了那遥远、华丽和奇特的东西，那是他最喜欢的事物，是他最为高雅的梦想。它看起来非常近乎杜绝了想象力的自由发挥，然而在作者那一边，想象力仍然起着主导作用的方式就是那些偶然事件、策略与灵感——我们很难知道应该怎么称呼它们——中的一个，通过它们，那些杰作才得以产生。当然，当他在书中把爱玛·包法利塑造成一个耽于想象的受害者时，他或多或少都明白自己在做什么，但他一定完全没有设计或测度这部作品的整体效果，使其成为他本人如此全面完整的自我表现。他那相互独立的特性，对周围生活急躁的感受力，伴随着在现实中抓住这感受，并牢牢把握住它的力量，以及他对风格、历史和诗意的渴望，对丰富和珍贵的东西的渴望，对伟大的反响和描绘的渴望，全部都在这部作品中表现了出来，但在后来的作品中却再没有出现。虽然在《萨朗波》与《圣安东的诱惑》中可能都存在着直接的觉察和详尽的细节，但它们中却没有任何近距离直接观察到的东西，而在《情感教育》这部节制地应运而生、冷酷地写作而成的作品中，也极少有对幻想的挥霍铺张。法盖先生无疑极为出色地注意到了这一点——这部小说的精彩之处就在于把核心人物塑造成了无可救药地耽于浪漫主义的典型。然而最后福楼拜自己却险些成为这样的典型，正因如此，他才能够把这种浪漫的头脑极为真实地表现出来。至于其余的东西，他有幸从一开始就拥有了。他早早就开始孕育和逐步发展他的计划，借助于那种熟悉感，那故乡的气氛和土壤，他最终画出了那最后潜藏的阴影部分，从而描绘出那肮脏污秽、充满阳光和灰尘的小村镇的图像，它荒凉空旷，但也不算人烟稀少。正是在这背景和附属物中，存在着真实和他主题的真实，而浪漫及其主题的浪漫则相应地占据了前景。爱玛·包法利可怜的遭遇是一场悲剧，这恰恰是由于她所生活的世界毫无戒备、无所助益、无可安慰，她必须自己去提炼出那珍贵的东西。由于她无知，缺乏引导，不懂变通，受到这种个性和混合着的诸种想法的驱使，她的提炼失败得离谱，但这个失败转而为福楼拜制造了一个最突出、最为人谈论的轶事。

关于《包法利夫人》有很多东西可以说，但这部作品的老书迷却会半心半意——就他们表现出有所保留或有所困惑而言——如果他没有首先注意到让他最喜欢的那些情况的话。从很久以前回忆这一点，就是去展现一个文学的头脑极为有趣的发展历程，这确实是件舒畅且欢乐的事。在今日，这部福楼拜最杰出的小说在法国小说中称得上是数一数二的经典，它是在我们眼前缓慢而稳健地一步步获得这个地位的，而我们似乎也就这样跟随着目睹了一部经典的命运演变。我们看到了事情是如何发生的，这是很少能做到的事，因为通常我们不是错过了开端就是没看到结尾，尤其是对于这样完整的一个经典化的过程而言。过去的那些经典化的过程太过久远了，而未来的经典化过程又远到无法预期。但我们眼前的这部作品却接受了成为经典的无上的王冠，这一事实可能让英美读者感到迷惑不解，但它正是我们的基础所在，并且也是我们总体兴趣的一部分。由于对这些事情的发生方式有所感知，笔者仍然记得当他还是个生活在巴黎的年轻人时，他从父母的书桌上拿起了最新一期的杂志，福楼拜当时还未获得承认的杰作就发表在那上面。虽然那个时刻并不是历史性的，但可以说，以历史的眼光看，那一时刻将会变得如此难忘，以至于它的每一个微小的细节又为他而复活：它仿佛就停留在一段时间跨度的另一端。如果我没记错的话，旧时的《巴黎评论》封面是黄色的，和新版的一样，而《包法利夫人：外省风俗》在那时候已经作为标题印在了封皮的内页，散发着神秘的吸引力，充满了捉摸不定的气息。我不知道之前已经发表的小说内容是什么，在后来的很长一段时间内也不知道小说之后又刊登了什么，但仍然萦绕在我脑海中的是那站在炉火前的场景，我背靠着那个低矮的，点缀着装饰的法式长毛绒壁炉台，尽我所能地吸收着刊载小说的那一节，带着出乎意料的兴趣吸收着，或许也带着点已有的模模糊糊的知识。那间充满阳光的小客厅，那个秋日，那扇微启的窗户，以及窗外蒙田街上欢乐的喧嚣，现在对我来说，所有这些都或多或少地存在于小说中，而小说也或多或少地存在于这个场景中了。然而，小说的命运在当时却遭遇了挫折，让它飞黄腾达的机会还未到来，它的价值还远没有被发现，就像马尔西姆·杜·坎普所说的那样——虽然确实没有带着过多的愧疚之情——它的织金袍子只不过是勉强躲过了编辑的裁剪而已。这一点和其他很多的东西一起促进了事情后来的发展。这本书作为单行本出版时，就证明了对于在第二帝国治下的公共道德守卫者所遵循的高标准行为规范而言，它是一个冲击，而福楼拜则因为创作了一部有伤风化、激起民愤的作品而受到指控。这场控诉最终失败了，但是我也许应该指出，这场风波是他一生中为数不多的引起公众震荡的事件之一。几年后，《候选人》在杂耍剧院的演出彻底失败，它演了两晚就停演了，并且在演第一场的时候还遭遇了震耳欲聋的叫嚣声。只要喜剧不从这一事故中振作起来恢复元气，这部小说那被人轻视的光芒就完全只能靠自己来再次证明了。现在这件事就奇怪得很——我们已经从那时讲到了现在——从这种程度上说，《包法利夫人》在相对近期的历史时期中应该还算是受到谴责和排斥的作品。最重要的是，它由此反映出那些杰出人物的头脑在很大程度上是无所察觉的。那些当今的杰出人物想要做的——它是代表统治阶层的、官方的、具有合法性的——是在这本有着如此命运的书变得为人所信之前就让它不同凡响，但是这一设想还没等到彻底引起人们的反感之前就破产了。我们可以想象，即便是面对着这本书，那些杰出人物对已经把握住了什么东西也知之甚少；要不是他们在一种盲目的冲动之下向后人公开展示了自己无知的程度，那么后果就是不堪设想而只有遗憾了。

然而这部小说所取得的地位并不是用它那内在的高贵就能令人信服地解释得了的，因为这里还涉及这件事本身的稀奇性，尤其是它包含了许多对不熟悉的读者的告诫。这部作品实质上的高贵之处就在于包法利夫人作为一个经验的容器所拥有的高贵——我认为，毫无疑问的是，在这个问题上我们只能背离法国批评界所达成的共识。例如，法盖先生评论称这部作品女主人公的形象是所有文学作品中最为鲜活、最独特的女性形象之一，赞美它完美无缺地展示了浪漫精神。受制于我当下要做出的一个评论，并且我认为这评论总的来说和作为生活描画者的福楼拜有着紧密联系，那么在这个限定内他是正确的；这也因此证明，一部艺术作品可能一方面明显地遭到了异议，但与此同时也在同类作品中十分珍贵，并且当它完美到了这一地步的时候，其他事就没那么重要了。《包法利夫人》的完美性不仅成为它的特征，还使它几乎是举世无双的，它带着这样一种至高的、无与伦比的从容自信，既引得人们纷纷评判，又让人们无从评判。因为说到它的无与伦比，它所讲述的内容和那些显贵和高雅的东西毫不相关，它只是给予它所展示的足够粗俗的东西一个终极的、无法超越的形式。这形式本身就和它的思想一样有趣、有活力，一样是主题的精华部分，并且它是如此紧密地嵌入了作品当中，它的生命力是如此地不可分离，以至于我们绝不会在任何时候发现它独立出来发挥作用。这真正是趣味横生——全方位地充满了趣味，这就是真实和完整。这部作品之所以成为经典，是因为它尽管如此，仍然完成得非常理想，并且它表明，在这样的写作中是会产生永恒之美的。一个漂亮的年轻女人生活在——从社会和道德的角度去说——一个洞穴里，并且她无知、愚蠢、脆弱、悲伤，她拥有过两个情人，又相继被他们抛弃；在这迷乱之中，她把丈夫和孩子弃置不顾，什么都不闻不问，在欺骗、债务、绝望之中越陷越深，最终在她那可怜的堕落的小小场景中，走到了可悲可悯的结局。尤其是当她做这些事的时候，仍然沉浸在浪漫主义的想法和幻象中，而自身却正在生活的尘土中打滚。这就是《包法利夫人》的成功之处，爱玛用她观念上的天性和流转的思想吸引了我们，并且这部作品将真与美赋予了这些内容。并不只是说它们表现出了她的境况；它们是如此真实，如此地被感受和观察入微，尤其是如此地被展示了出来，以至于它们实际上，或者说潜在地表现了所有像她那样被浪漫精神所左右的人的境况。于是她的环境，她挣扎于其中的那个环境，就以它的方式变得极为重要了，伴随着艺术上的卓越，它也变得显著起来；她卷入其中的那个小小世界，那个她挥舞着翅膀想要逃脱的狭小牢笼，已经为她悬挂在空中，而和她一起被囚禁其中的伙伴们都和她一样真实。

为了解释我所提出的福楼拜在这幅画面中表达了一些他自己的私密部分，赋予他的女主人公一些他自己的想象这一观点，我已经说了足够多了：这一点刚好把我带回了刚才我提到的那个限定之中，对此法盖先生没有进行深入讨论，但这对于不熟悉的读者来说却是迫切需要的。我们不满的地方在于，即便爱玛·包法利有着如此思想上的天性，即便她在如此大的程度上映照出了她的作者本身，但她经历的事情实在是太微不足道了。这从批判的角度来说，以她个人经历的价值和际遇两方面而言，就是一个奇妙的境况。她把自己和《情感教育》中的弗雷德里克·莫罗联系在一起，从而为我们提出了一个我认为对福楼拜有害无益的问题。单就爱玛而言，可能还无法直接说明问题，但是如果加上了我们作者对"真实"的第二部研究成果的主人公，那么就能把问题解释清楚了。为什么福楼拜要选择这样一个低劣的——在费雷德里克的情况中就是卑贱的——人类样本，来作为他计划描写的生活的某一特定管道？我只针对后者坚持这一观点，包法利夫人的完美让人没什么理由再去要求其他的东西。然而即便这样，爱玛总体上的格局大小甚至对同类人而言也是狭小的，这应该是对夸张手法的一种警示。如果我指出就弗雷德里克的事情而言，回答那个问题无论如何都是有害无益的，我的意思是它对于我们作者的声誉而言至关重要。他希望在两部作品中都描画出经验的图景——普普通通的经验，这倒是真的——以及他所熟悉的那个世界，但如果他无法为这一计划想象出比这样一对男女主人公更好的人选，而这两位都是如此受限的反映者和记录者，那么我们就不免认为这是由于他思想上的不足导致的。而且，即便有人反对这一观点，指出有问题的这两个形象比其他形象会更加符合他的目的，这一缺陷也仍然存在：于是他的目的本身就变得低劣了。《情感教育》是一部古怪的作品，难以对它进行描述。关于它有许多东西可讲，远超过了篇幅允许的范围，并且所有这些东西都极为有趣。然而除此之外，简言之，它也是一部非常不令人满意的作品，较之于在它之前发表的那部作品，它无论是在统一性还是丰富性上都差强人意。但是无论我们是把它当作一部成功之作还是失败之作——法盖先生的确通过衡量它意图的多少而把它当作是一部失败的作品，而我大体上是赞同他的——那个在故事中起支撑作用的重要人物，那个让我们如此感兴趣的人物，却主要地让我们困惑于作者在想些什么。他把弗雷德里克·莫罗带到人生的起点上，然后引导他走向了极度的成熟，但他显然没有一刻曾经考虑过我们的惊异和抗议——"为什么，为什么是他？"弗雷德里克对于他扮演的角色来说绝对是太低劣了，对于他所承担的责任来说也有太多的欠缺；而我们则带着一种尴尬，当然还带着一种同情，感觉到小说主角似乎必须防止他的创造者产生过度且无用的信心。当我说到对爱玛·包法利的信心相应地白费了时，我思索了法盖先生的论断，他指出，从深刻的兴趣这一角度来说，爱玛是非常典型的，至少她也是全面地具有代表性的。代表什么呢？当我们认同了所有造成悲惨境况和悲剧结果的根本原因后，他让我们产生了这样的疑问。为她的辩护就是为在这个描画者的笔下永远鲜活的那些人物的辩护——他们不只是特定的个体，而是代表了他们所在的类型，并且无论从哪个方面看，他们都是充分合理的。因为这一责任，我对爱玛的"类型"提出疑问，即便可能有人会问我为什么不去质疑查尔斯·包法利的类型，不质疑他的完美无缺，或者为什么不质疑那个无与伦比的、不朽的郝麦的类型。如果我们说爱玛的缺陷在于她缺乏对那种典型功能的觉察，那么就必须承认，在这方面，她那个平庸的丈夫，或者他的朋友，那个自命不凡的药剂师也完全没有比她强。尽管如此，这之间的差别在于他们在某种程度上其实只不过分别体现了对各自性格与职能的研究，因此他们各自的功能就足以表达他们的全部。我承认，也许是因为爱玛是小说中唯一的女性，所以法盖先生认为她是女性的典型，以更广泛的例证的方式具有代表性，而其他人物则都作为具体情境下的人物在他眼前掠过。我申明，爱玛对我自己来说也是同样的情况，她被限定在一个如此过于特殊的情境之中，就她而言，这一情景忽略掉了太多的东西，甚至包括在一位女性令人信服的生活中那些更平凡的因素。所以当我们被要求把她的生活视为可悲可悯、充满戏剧性的骚乱不安时，我们对作者和批评家关于重要性的衡量尺度都产生了质疑。他们尽可能地把这部作品当作是对普通人的描画，但爱玛做到这一点了吗？即便对于一个富有想象力，且没有什么"社会"重要性的小人物而言，这也是个狭隘的普通人。总体而言，全面地看待问题超过了她认知的能力范畴。因此，一言以蔽之，我们认为她不那么具有例证性的典型作用，除非这个世界给予了她更多的接触点，并且她也有更多的接触点反馈给世界。

我们首先遇到的是弗雷德里克，我们在他身边长久地逗留，他是一个**普通人**[21]，一个世纪中叶的外省中产阶级，有教养、有运气，因此也有自由，他的身上反映了那个时代的生活。然而在福楼拜的笔下，弗雷德里克那个时代的生活是与他内在的，以及就此而言外在的匮乏相一致的。因此，无论是对于尺度来说，还是对于内涵和外延来说，这整个事情都是某种关于日常的史诗（虽然1848年革命确实带来了一个插曲），它使我们感到它像一部没有灵气的史诗，没有翅膀，不能升空；实际上它最让我们想起的是一个巨大的气球，全部由丝绸布片牢固地缝合在一起，慢慢地膨胀起来，但绝不会离开地面。然而，在一系列这样简单的评论中，唯一不可避免的事就是我在这里针对我们的作者所发表的偏见。它真正展现的——没有什么比这更奇特的了——是弗雷德里克不仅没有一个重要的、"富有同情心的"角色的帮助，甚至也没有我们可以直接与之沟通的人的帮助，但他却享受到了自己的地位。我们可以跟核心人物沟通吗？或者说如果我们能做到，我们真的会去那么做吗？一百个不会，并且如果他自己能和周围那些人沟通的话，也只能证明他是他们的同类。实际上，福楼拜在他"真实"的那一面里是一个讽刺画家，他讽刺性的语调使得他那最终为人接受的状况、他现在的文学声望，以及"经典作品"式的宁静平和，在表面上都显得反常。对此存在着一种解释，我应立刻提及，但我发现在阅读《情感教育》稍长一点的时间后，就感到失败给予的契机比成功所给予的更能让一位作家变得有趣。成功使他单纯而简单，让他脱离联系，被摒除在外；而失败——虽然我承认这失败必须要有点质量——却让他保持联络，把他置于关系网络之中。因此，《情感教育》作为一部"大作家"[22]的著作就是这样，它宏大、矫揉造作，极富"书面气息"。它有着优美的段落和一种总体上的空洞，并且它那蕴藏着的伤感中带着一丝裂缝，而道德尊严就从这裂缝中溜走了——因此，正是那些成为福楼拜败笔的小说才是文学博物馆里的珍品。并且它也引发了无数的思考，其中大多数是直接针对那些计划在该领域做同样工作的人的。如果简单地说，正如我已经指出的，福楼拜是小说家们的小说家，那么这一创作比其他任何作品都更让他成为这样的人。

　　我必须在同样的层面上补充一点，那就是当我在之前指出《情感教育》不够富有同情心时，我并没有忽视阿尔努夫人，这部小说中的主要华彩人物。阿尔努夫人正是作者在这里或别的地方所表现出的那个显而易见的意图，即表现美是有别于理智的，表现人物与生活之美，而这个意图后来成了什么样子则是事关重大的。法盖先生不无公正地赞美了福楼拜对人物和关系的构想，这段关系从未开花结果，但它却让弗雷德里克克服了重重困难和世事变迁，自始至终都爱慕着阿尔努夫人；在同样的约束之中，这段关系也让阿尔努夫人永远保持着洁白无瑕的"美好"，从青春年少到长出白发，即便她也经历了深刻的感动、极度的诱惑和严酷的考验。按照他们经历的时间跨度来看，她和她的爱慕者之间的联络甚至都不算频繁；她在经济、社交和事业方面的状况几乎到了不堪的境地，而随着小说情节的推进，我们发现她的情况越来越糟。除此之外——我又想起法盖先生非常精彩地指出了这一点——她身上没有任何作为"角色"的性质，这不只是说她没有被表现得机敏灵巧，而是说她完全没有被当作是一个人物。她所说的话几乎从来不会被重述，她所做的事也不会被展示。她是一个形象，但却是美丽又模糊的形象，她的热情受到了珍视又遭到了放弃，她丢掉了一切维持人物的养分，但却坚持生活着。她拥有的唯一真正的特征就是她的一个极大的缺陷，那就是她主要是通过弗雷德里克的视角展现在我们面前的，除此之外，我们几乎没有别的角度去看待她。然而遗憾的是，福楼拜无法不在总体上质疑弗雷德里克的洞察，他对万事万物的看法，尤其是对他自己人生的看法，因而弗雷德里克就无法成为一个足够好的媒介，来充分地传达出卓越的感想。毋庸置疑，阿尔努夫人就是他生命中所发生的最好的事了——这说明不了什么，但由于他的人生充满了太多古怪的东西，导致我们发现无论她以什么方式"存在于"其中，都会让我们心生不快，尤其是她似乎也无法对他的人生产生什么影响、改进或决定性的作用。简言之，她的创造者再也没有什么想法比试图用这样的方式让我们看到这一构想有什么好处来得更加令人难堪了。虽然关于这个问题，我还有一些话想说，但我也可能会立刻把它说成是一个严重不利于他的错误。毫无疑问，它只不过是他所有作品中三个错误中的一个而已，但我相信，如果说这个错误是最能说明问题的，那一定不会言过其实。造成这一情况的原因是它是最浮于表面的一个。如果说这一个错误是道德层面上的话，那么其他两个则可以说是在智性层面上的。正如我已经提示过的那样，这个错误就在于像《情感教育》明确的意图所表明的那样，它想要通过这样一个主人公如此平庸的洞察来记录那么广阔和复杂的生活；它也是一个悲剧性的错误，在着手创作《布瓦与贝居榭》时，它的主题几乎让人无言以对，但作者却未能在被放弃之前先把它放弃。不过它们最不济也不过是些还不算完全有失体面的愚蠢错误而已。而真正有失体面的错误——最重要的是它依然如此，没有什么能与它并驾齐驱——是他没有觉察到自己在原本算是他最好的一个机会上所犯的错误。我们对他失去机会的感受还没有多么深刻，因为这件事我们是可以接受的，而他没有意识到自己错失了机会才是酿成大错的所在。我们不会妄称福楼拜本应如何把阿尔努夫人表现得更好——这是他自己的事。而我们关切的事情在于他真的以为自己尽力把她表现好了，或者已经表现出了她应有的样子，对这个问题我们只好掩面不谈。因为一旦他产生了一个很不同寻常的构想——所谓不同寻常，我指的是不同于他别的构想，并且比它们都要更加微妙——他就会像我们所说的那样"走去尝试"，然后把它给糟蹋了。为了给这可能有些过分的苛责做出一点补偿，让我再温和地补充一点，即这是他那盾牌上唯一的一块污渍。甚至让我来坦白地承认，归根结底，如果从来没有人注意过这个瑕疵，我也不会感到惊讶。

可能从来没有人注意到我前面粗略提到的那些我所发现的一部分无关紧要的事，即事实上在我所说的那种总体上的难堪之中，还有一种危险被严重地忽略掉了，因此我们的作者就获得了全然的赞许。我不太清楚应该怎样不太失礼地把它指出来，但我想即便是福楼拜最真挚的拥护者也会发现自己有点惊异于他在品位上的一点瑕疵，一点虽然微小却让人感到遗憾的疏忽，它们应该是一种事实，不知以何种方式或在什么地方潜藏于这位女主人公和她的男主人公之间蔓延开来的那种柏拉图式纯粹关系之中——只要我们确实发现作者设计了这一形象。作为一个热爱福楼拜的读者，要做到毫无冒犯之意地把所领悟到的福楼拜可能的错误之处，即那种正是可以察觉出的错误认识给指出来，和做到友善地把它忽略掉是一样困难的。在这一方面，我不会拿自己的生命去赌福楼拜直觉的可靠性——它非常牢固且已经预先决定，因而其结果就是他在言语上十分得体恰当，甚至连最轻微的气息不当（谈到言行举止得体的方面）或落笔的歪斜都很少有。在问题的最后，人们惊叹道："终究是亲爱的老福楼拜啊！"并且可能因为担心没能表明观点，便不惜冒看起来姿态高人一等的风险。不管怎样，观点都已经表达了出来，而我则更无拘无束地试图找出那种我所说的带有批判性的"温和"在我们一般的关系当中所具有的益处——在其中，我要对我们作者的方法、写作的过程和个人经历表达我们普遍的敬意，并且尤其是我个人的敬意。同时，我也要指出，在这样一个文学上的粗鄙时代，怀有如此的情感是一种奢侈的享受。这种尊重是明确和笃定的，并且它最主要是为我们神圣化了那种对福楼拜作为小说家们的小说家的忠诚——它和即便是其他小说家所激发出的最好的感觉也截然不同。他可以代表我们践行中的良知，或者是我们间接体验到的牺牲；一种文学上的荣耀感使他充满了活力，总而言之，他不会丢掉自尊自重，这使得我们安逸地坐下来，沉溺在岁月当中，满足于我们找到的随便什么既舒适又有利可图的相对低劣的东西（并且在艺术中，没有什么低劣的东西能像经济上的卑劣一样糟糕）。如果说在践行写作的时候，我们当中的这么多人都相对付出了较少的代价，这正是因为可怜的福楼拜创作出了最为昂贵的作品，他已经付出了相当大的代价，这难道不是实情吗？仿佛这赋予了我们能够轻易地创作，从而售出高价的能力；正如所表现出的那样，仿佛通过他这个典范，文学的荣耀事实上在整个行业中都获得了确证，而在整体的审美层面上，广泛的关注彻底浮现了出来，我们发现自己个体的兴趣关注点可以在文学和审美上做到无拘无束、漠不关心。于是，我们始终在滥用自己的冷漠之情，而《包法利夫人》的作者却在塞纳河上的老旧房间里，在那交织的灯光下为作品本身竭尽全力。这部作品给予了这件事一个简明的概括：无论受制于何种限定条件，《包法利夫人》都绝对是最具文学性的小说，它的文学性如此强烈，以至于它用罩子把我们覆盖住。它彻底地向我们表明，不存在贬低这一类型的固有需要。我所谈论的那个罩子做工极为精细，而我们在各种关于无知、愚蠢、庸俗的指控压力之下，也可以一直把它夸耀成是整个行业的旗帜。因此，让我们坦承，对福楼拜的关切是我们为这样的优待所做的最小回报。而这种关切必须足够真实，在智识上足够去评估他做出的努力和获取的成功，否则它就毫无价值。这种努力是我已经谈到的那些微小的努力，那种为了克服使他的形式与构想相符这一巨大难题而做出的努力，而我绝对无意认为这些工作坊里的奥秘有着什么一般意义上的重要性，这些只不过是对那个神庙里百般挑剔的缪斯所进行的曲解而已。它们真的更像是在厨房里的奥秘和对三足鼎上的那个祭司的曲解——它们不是重要的议题。我将要谈论的，是那由我们眼前的成果所清晰呈现出的，它们所特有的重要性。

它们都体现出了对风格的追求，也就是为它的各种关系追求一种理想而恰当的风格，并且即便没能成功也会十分有趣。《包法利夫人》《萨朗波》《圣安东的诱惑》以及《情感教育》都是如此被写作和创造出来的（即便最后一部作品在程度上较轻），因此在这一方面，我们越去阅读它们，就越能在其中发现一种意愿和努力之美；它们也就越是在小说世界这往往沉闷无聊的沙漠当中显得别具一格，仿佛是一小片富有生命力的绿洲。如果说这片沙漠就代表着我们自己英语世界的总体特性，那么它就向这一焕发活力的特有源泉供给着非凡的珍品。这一情形是如此的惊人，在这些方面，对美的规划的任何一种梦想在多半情况下都是如此的匮乏，以至于一个批评家在一些天真的时刻流露出想要为写作进行辩解的情感时，就会发现自己得不到任何回应，仿佛他是在为三角学进行辩护。他必然要进行反思，且反思得足够多。其中的一个就是如果我们如此全面地对这一系列的考量弃置不顾，那是因为小说在我们中间主要是由女性培育发展起来的。换句话说，是被那个永远优雅安逸、令人羡慕地意识不到（连说她们对此有所怀疑都会太过了）小说形式要求的性别所培育发展起来的。无论这情况对我们有利与否，它都是由这样一个环境所造成的，在其中，尽管女性有着这个或别的缺点，却仍然在我们的整个领域取得了伟大的成就。这论断是确凿无疑的：简·奥斯汀是浑然天成且魅力四射的，而其他获得赞誉的人——他们中的一些人，从菲尔丁到佩特[23]，甚至超越了这些女士——也是显而易见的。然而，这完全不在我要讨论的范畴内。为了获得那些关于结构、分配、统筹所能做的事的显要例证，以说明它们是如何让一部艺术作品的生命力更加强盛，我们就必须到别处去找寻，而福楼拜对于我们的价值在于，他令人钦佩地指出了道德方面的问题。这尤其解释了为什么《包法利夫人》能有幸成为经典，虽然我可以补充说《三故事》中的《希罗迪娅》和《圣朱利安传奇》也是如此，而且这也是这些作品具有无限启示性的一个方面。我刚刚说到它们当中最长的那一个里的一小块图景，是被我称为那个器皿的小小容量，然而这件事完成的方式不仅胜过了价值的问题，并且也涉及它对我们相当大的误导，并使我们产生困惑。我们在什么别的地方还能在相应来说如此小的东西上发现如此富有尊严的气势呢？福楼拜让事物变得宏大——这是他的方式、他的抱负和他的必需，我指出这一点时，并没有忘记在《情感教育》中（在这里我仍然指的是相应来说）并没有出现这样的效果。不管弗雷德里克如何，《情感教育》的主题是宏大的，但是它在创作实践中却突然出现了一种难以界定的收缩。然而，如此显著的一个例外只是个案。《萨朗波》和《圣安东的诱惑》都既在构思上十分"厚重"，同时又十分一致且极好地运用了风格。

这个教训就是以这样一种确信的姿态高高立在上面的，吸引着批判性读者的魔力也在于此。而如果说福楼拜为之不辞劳苦的坚定信念在我们当中越来越不可信，那么他那紧凑的文字体量也只能越来越大。他认为艺术作品只有靠它的表达才能存在，并且轻蔑地否认我们还能找到其他任何严肃有用的标准来衡量它的生命力。相应地，他把风格当作其不可分割的一部分，并且发现美、趣味和独特性都赖以风格而呈现，就好像一封投给邮局的信依赖于一个写有地址的信封一样。在我们看来，如果因为这些观念太过古怪而感到抱歉，那才真是咄咄怪事。有些人认为风格是自发产生的——现在我觉得我们看到和听闻了足够多这样的观点。对于它们，他无疑会说，风格自发离去的速度还是要更快一些。事实上，这件事和想象力的本质是有差别的，这是一个关乎适度与类似、同情与相称的问题。《萨朗波》作者的同情心完全是宏伟壮观的，他在措辞上的创造力各有不同，它本质上是高贵的或者卑劣的，是有所助益的或具有破坏力的，是经由调适而和谐的，或者是随意而普通的。在这些可能性中，比较坏的那部分因为受到糟糕的写作的影响而成倍地增多，并且他认为比较好的那部分从来都不会好心地不请自来。事实上，它们几乎不会为福楼拜而"来"；它们的到来只取决于斋戒和祷告，或者是耐心的追求。打个比方来说，就像追捕的艺术，依靠在群山间或流水旁长久的等待和观望。由于这些方式使人筋疲力尽，一部作品的创作过程自然就异常的缓慢，能说明这一点的例证就是他在信件里经常说到自己花了三天的时间[24]才写出了一个恰当的句子，它要经受他所设想的理想标准的考验。正如我已经提到的那样，他所经历的困难使他叫苦不迭，但那些杂音都已经不再烦扰我们了，只有那个最终的声音依然萦绕耳畔。在这整个事件的所有特征里，没有什么比这一事实更有教育意义了：第一，他从来不缺少风格性；第二，他从不看起来在四处寻找它。那种暴露当然是最糟糕的暴露，我想，他避免暴露的方式就是他最终获得宁静的最愉快的形式——这真是一个了不起的成功之举，因而他就成了一个致力于遣词造句的人，而绝不是措辞表达的受害者。尽管他一直致力于追求措辞的精美，但他仍然从未忽略一个问题，那就是为了什么而精美？它总是与之相关，联系在一起的，它彻底属于别的什么东西的一部分，但反过来又成为另一个东西的一部分，它属于一个章节、一个语调、一个段落、一页内容，于是想法简单的人可能会欣赏它最微不足道的方面，而写作者就会欣赏它最了不起的方面。这无疑就是作为一个一流作家的样子，当把它拿在手里仔细观察的时候，它就像一个造型漂亮的水晶盒，然而把它放在桌子上打开来看时，里面就装着无数的分格、弹簧和机关。一方面不管怎样它都是装饰性的，但在另一方面，它也弥足珍贵。

相对于《包法利夫人》来说，水晶盒这个比喻更适合用来形容《萨朗波》和《圣安东的诱惑》的风格，这是因为，由于后两部作品展现了作者浪漫主义的一面，他在其中虽然同样隐藏了自己的踪迹，但仍然要继续往前行进，去猎取更多的东西。除了暗示出它们完善了他的双重性之外，我不会再仔细描述它们的特征，虽然我承认，在没有强调它们的情况下，我只在衡量二者的天平上最轻微地按压了一下，而他则按照自己的看法，用最大的力气压了下去。他悲叹那如此怪异，又如此悲伤地驱使他选择他那些主题的宿命，但当这些主题最为浮夸、最奇异的时候，他的叹息就最轻微，感觉好像它们毕竟和他那独特的能言善辩的能力最为亲近。在处理那些直接观察到的、近在眼前的内容时，他不得不压低他的调子，让他雄辩的文采不那么突出，虽然从结果来说，正如我们已经看到的那样，即便有了这样的预防措施，整个情形在大体上说仍然是丰满硕大的。熟悉的事物在他的笔下呈现出了特点、重要性和延展性——人们不知道该怎么称呼它——为了体现出风格，或者我们可以更准确地说，让它更恰当适宜地嵌入在文本当中，它的低调也要有个限度。而在浪漫主义的作品中，在那个更为福楼拜的想象力所喜爱的世界里，实际上就不存在妥协的必要。这种妥协在各方面都给他带来了无穷无尽的麻烦，而且没有什么能更贴切地说明——要是篇幅允许的话——为什么这一点尤其让他痛苦了。

这显然是他的奇怪困境：他通过经验和直接的知识所获取的唯一景象就是中产阶级的景象，因此，这景象就接连赋予了他三个具有如此强烈的中产阶级风格的主题。他不得不处理这些主题，他对此感到厌恶，因为他的经验让他别无选择。他唯一的选择是历史、地理、哲学、幻想给予他的，是学识的世界和想象的世界给予他的，并且尤其是想象的世界。在中产阶级的领域中，他极不情愿地进行着理想化的表达；而在另一个想象中的和经由设计的领域里，他对事实和材料的需要与追求也一样多。但是由于他的风格始终有赖于一定的自豪感，所以总体上说，他在处理奇异的主题时比处理熟悉的主题更加得心应手，尤其是他在前者的关联网络中规避了他所厌恶的差异性。在《萨朗波》和《圣安东的诱惑》中，他能够坦率地表现出高贵性，而在《包法利夫人》和《情感教育》中，他却只能委婉隐秘地体现出这一点。他在一种情况下可以根据布料裁剪他的衣裳——如果我们把他事先预定的调子比作布料的话——而在另一种情况下，他就只能拿到已经裁剪好的衣服。奇怪的是，这种情况在他的生活中是这样构成的：那个相对贫乏的人性的意识——因为我们必须回到他的这个问题上来——与无比广阔的艺术意识相互斗争，并且那个广阔的艺术意识一半在给人性的意识造成破坏，一半又在躲避着它，同时在一些非常不同的事情上又对它进行报复。

实际上，福楼拜掌握了两种可供他轮番使用的躲避方式。第一种是讽刺的态度，这一点在他的作品中始终存在，《情感教育》里充满了讽刺的态度，因而显得十分冷酷。而《布瓦与贝居榭》——它表现为最奇怪的"善恶有报"——则像沙子一样干枯，像铅一样沉重。第二种是通过渐进的方式，通过代价最高的路程彻底逃脱掉。因此我们不禁扪心自问，抛开逃脱的原则不谈，他是否就不能在现场用斗争的方式来解决他的困境？除了在《情感教育》与《包法利夫人》中，他难道不能再致力于人性的问题了吗？当想到这些作品中所表达出的关于他所在国家的生活、关于广阔的法国社会和它的人民的观点时，人们不会相信它能够体现这样一个人的全部见识。或者不管怎么说，难道他完全只能够写讽刺性的作品吗？我谈及的第二种逃避方式，也就是完全避免人性的问题，避免那个和谐、可测度的人性，总而言之，根据这种可能性来说，可能更加地变成只是一种讽刺而已。迦太基、《底比斯战纪》、萨朗波、马托、哈农、圣安东、希拉里昂、帕特尼亚人、马科西恩人，以及卡珀克雷特派，这些都是什么呢？它们因为古怪而动人，但同时也只是坦承了作者对真实和近在眼前的事物无比缺乏耐心罢了。无疑，它们是够奇怪的了，但难道它们不是让人感到慰藉和超拔的吗？最后剩下的一个问题就是，即便我们作者的那个区别于他遥远视野的直接视野要更加宽广——这是我们所指出的他的独特天赋——那种在统筹编排和形式上的完美性是否在一些方向上具备后天获得的灵活性呢？那种更加单纯的心理和精神状态，它们是在爱玛·包法利、弗雷德里克、布瓦与贝居榭身上能想象得到的，更不要说那些迦太基人和隐修士了——因为福楼拜笔下的隐修士显然是天真朴素的——我认为，这些状况表明了他已被证实的心理范围。而这就明显地，几乎是令人震惊地迫使我们回到了总体上异常的另一面上去了。那个"天赋"是最伟大的，它本身就是一种力量，凭借这股力量，他成了一个尽善尽美的作家。然而，仍有许多生活的完整面向是他从来没有涉及，显然也从未考虑能够作为一个领域去写作的。如果说他从未接近过个性复杂的男人或女人——爱玛·包法利一点也不复杂——或者是那些真正有财富、有教养的人物，那这是不是由于一个让人出乎意料的原因，即他无法做到呢？无论如何，在他身上几乎体现不出**法兰西精神**[25]。

这无疑标示出了一种限度，但是限度是批评家所熟悉的领域，而当他发现一些事情绝对完成得很好时，他很可能觉得前景相当广阔。无论是性情使然还是出于责任，福楼拜都做出了挑选，并且即便他的选择在一些方面是狭隘的，他仍然并非短暂地停下，给我们留下了三部真正"锻造而成"的作品，以及有着几个完美片段的第四部作品，更不用说他那三部中篇小说了，它们有着至臻至善的成分，在这个篇幅的范围内算得上是最优秀的作品。对于他意图去做的事情，他带着这样一种精神去做，这种精神拓展了一部文学作品中那些可以完成和已经完成的事物的观念，我们正是由此而心满意足地评价这件事的。由于在这个世界上，达到近似就是成功，那么这就可能被认为是最大的成功。如果我不能在《萨朗波》和《圣安东的诱惑》中证明我的观点，那是因为我也必须做出选择，并且我发现和它们并列的另外两部作品相关的问题更加有趣。有许多的批评家，我赶紧提一句，做出了完全相反的选择，他们在那些充斥其中的古怪的考古学画面中欣喜若狂——虽然这些画面个个都惊人地生动协调——在那些画面中，迦太基雇佣兵挑起叛乱，而伟大女神的神圣面纱则遭到了亵渎和偷盗；以及那个仍然拥有众多信徒的古老教派的全景画面，那些迷信和神话在大沙漠中游荡，这些都呈现在那圣人炽热的双眼之中。然而，人们或许在《包法利夫人》中比在《萨朗波》中更感到安心，但同时也希望没有错过《萨朗波》的任何一个意图。这伟大的意图确实让我们着迷，让我们被深深吸引，而这正是作者那遍及他全部领域的不屈不挠的目的。在海外的一些国家里，如果移民者们真的，而不是名不副实地去耕种的话，就有大片的土地交给他们。福楼拜在他那浪漫主义的领地中，就好像一个这样的移民者，他竭尽全力地耕耘这片土地，让它为自己所属，并且他在某种程度上表明，这对他来说不仅是关乎安全性的问题，而且是一个关乎荣誉的问题。出于荣誉的需要，他必须在这片土地上建立家园和树立信心，相信有一种方法能让每一寸土壤都得以播种或被铺平。如果仅仅是安营扎寨，或者像其他探险家那样只是在烧焦的树桩之间建起了一个小木屋，他会感到羞愧难当。这不是他占有艺术领地的方式，这甚至也不是他获得个人荣誉的方式，更不要说是为了获得文学上的荣誉了。然而，无论他在哪里看到了普遍的对诚实正直的违背，他都不仅看到了对它的宽恕，还看到对它的欢呼和奖赏。正如他感受到的那样，他生活在一个充满了平庸的作品和低劣的批评的年代，其实际的后果呈现在他那里，就是他常常把一个名称挂在嘴边。他把它叫作文学的仇恨，他发现，在这种仇恨中，他这个最具有文学性的人注定要承受痛苦。不过，我不会顺着他在这个方向上走下去了——这会把我们带得太远，更何况即便不停地叹息和低声地诅咒，他仍然是他自己的资源和良方，并且他总是有可能让自己嵌入其中。

他在所有作品中都是这样做的——通过用精湛的艺术把素材组合到一起，从而让自己在文学界占据一席之地。但这又把我引向了一个问题，即为了精确性的因素，这样一种艰难的理想对他施加了怎样的影响？在浪漫主义的作品中，这个因素就是他那毫不留情的法则；或许甚至在那些浪漫主义的作品中——如果说在这些事情上他确实有着不同程度的划分的话——他最为鄙视那些自由散漫、马马虎虎的东西。要做到极度清楚和完全明确，要非常了解他的意思，从而使他能够在每一点上都显著而确凿地去证实，这就是他的第一需求；而如果除了如此综合全面地具有决定性之外，他还可以是古怪、伤感和恐怖的，并且让造成这一现象的原因变得神秘莫测的话，他就能获得最大的成功。我们能从眼前的一些令人难忘的话语中感受到这种神秘莫测，那是在弗雷德里克·莫罗开始他那徒劳的旅行时写道的"**他那时懂得了邮船的忧郁**"[26]，这是一幅极为全面和包容一切的景象，但它却带着一种离奇的哀伤萦绕在我们心间，挥之不去，而我们却不知道这是为了什么。因为当他能够既精彩又精确地描绘这糟糕的场景时，他就最为心满意足。正如我已经表明的那样，他对所有这一切的理解就是，美从措辞而来，措辞就是创作，并且它制造了真实，而只有在这一程度上说，它才能精巧地成其为措辞。而我们通过一个有着不同价值观和不同关系脉络的世界才得以进入文学，这是一个受福佑的世界，在其中，我们所知的一切都是拜风格所赐，但是所有一切也都因风格而得以保存，因此，形象总是高于事物本身。相应地，这种形象的探索和增加——这形象为此经过了检验和确证，并被视为神圣——就成了他高贵的典雅风范，为此他做出了太多的牺牲，而《萨朗波》和部分的《圣安东的诱惑》就成了巨大的里程碑。古老的残酷和乖戾，古老的奇迹、错误和恐怖，全都无休止地吸引着他，它们构成了他作品中非人性的那一面，而如果我们没有受到好奇心的诱惑，没有对方法饶有兴趣，或者更精确地说，没有对单纯的召唤过往感兴趣的话，那么我们在阅读那些作品，尤其是《萨朗波》时，就会觉得它们太枯燥而缺少乐趣。在我自己看来，在处理非浪漫主义的作品时，好奇心和文学趣味是同等重要的，而它所表现的世界，它的样子和人物，对于我们自己的社会和表达的条件来说，都少了些威慑力，而多了份顺从。再说，即便对福楼拜有万分的尊敬，风格本身也从来不曾完全地让人着迷，因为即便我们的构成是如此古怪，其中有百分之九十九的成分是文学，那么我们仍然有百分之一的成分是别的东西。而一旦我们拥有了这部作品——或者这部作品拥有了我们——这百分之一的成分就可能让我们成为不完美的读者，然而若不是这百分之一，我们究竟还会想要，或得到这部作品吗？不管怎样，我要重申，好奇心在《包法利夫人》中对我而言甚至是最大的，比方说，在这里我可以衡量，可以更加直接地欣赏那些词语。那些面貌和印象对我来说是一种可以想象得到的经验，因而我更容易被美所打动。我的兴趣从美中得到了更多的益处，即便美并非本质上更重要的东西。这最终不可避免地把我们的欣赏带回到了我们作者的明晰性这个问题上了。

我已经充分地指出，我是从他引起一个同行读者的兴趣的角度来谈论的，也就是从他那卓越的写作技巧的财富这一角度来谈的——虽然当我思考《包法利夫人》总体性的力量时，我确实发现自己不希望缩小这一问题所涉及的领域，不希望用"技巧"这个观念把这一问题与它的偏见联系起来。所谓"技巧"，就是完成一件事情的方式问题。在盎格鲁－撒克逊人看来，无论是在哪门艺术中，这一问题都是在引人关注、令人厌恶。我们不把福楼拜当作是那种为报纸写作的小说家，也不把他的作品当作是可以和打高尔夫或骑单车相互替代的消遣，如果我们没能强调，《包法利夫人》这样的杰作以其完成方式就能够对即便是最简单的头脑也有所助益，那我们就对福楼拜有失公正。它从它绝对的完美中获得了那个所有珍贵的作品都具有的标志，其中存在着适用于每一个人的东西。人们可以极为细致和自在地阅读这部作品，却丝毫不去想它是怎么写成的，更不会去想它是怎么被组织到一起的；人们同样可以单凭这些看法引发的刺激而去阅读它，对于那些完全接纳它的读者而言，这些刺激就是他们经历过的最强烈的一个了。这两种读者都会读到情不自禁，这就是他们所追求的东西了。让第一种读者自己去说明情况吧，不管会是怎样的情形。只要是出于这最后的原因，我都会再次为第二种读者说明情况。对于生活的描绘者所面对的永恒的两难困境，这部作品和与之并列的那几部作品都为我们展现了一个最终的解决方案，它是福楼拜自己为之困扰，但得以确定的方案。自从这个鲁莽的探险家开始完全直接地去处理他那神秘素材的那一刻起，他的愿望就是可以不受限制地去处理它。与此同时这一点也仍然是真实的，那就是从他想要创造保存它的形式的那一刻起，他就希望这些形式——他的创造物，作为他处理它们的方式的证明——不应该是软弱或低劣的。在可能让那些了解的人不喜欢的风险下，他必须让他的形式既完整又优美，是令人满意的作品，而在本质上又富有趣味。那些不了解的人对他来说当然是无足轻重的，而且这既不帮助，也不妨碍他去说每个人都懂的生活。并非每个人都懂——显然这只是少数人的情况；而且即便实际上这是大多数人的情况，这种知识仍然会存在，根据我们周围的情况来看，甚至在不通过杰作的成倍增加来证明自己的空前的印刷时代里，它也会存在。艺术家的问题只能是如何把艺术做到极致的问题，并从而产生了看待这个整体任务的问题。一方面，当我们带着强烈的情感看待这个整体任务的时候——当它展现在福楼拜面前时，他就带着这种强烈的情感——毕其一生来恰当地处理它都不算长。它要么被放在一边，要么就要被处理掉，而放在一边是比较简单的事。

在另一方面，去处理它就意味着要创作一定数量的完成了的作品，除此之外别无他法，而所描绘出的生活的分量就依靠这一系列的作品得以展现。然而，这些作品又依靠什么呢？而决定创作数量的因素又是什么呢？"完成"，显然是那些套话所提出的假设，因而小说家也应该慷慨地为之负责。他一方面感受到了他的主题，另一方面又要把它表现出来，并且无疑存在两种方式来表达他的境况，也许尤其是由他自己来表现的时候。他越是深刻地感受到他的主题，他就越能够把它表现出来——这是第一种方式。他越是能够表达他的主题，就越能感受到它——这是第二种方式。这第二种方式毫无疑问是福楼拜式的，而如果对他来说其后果是妨碍了作品多产的话，他只能把这件事当作是整个过程的一部分来接受它。他很可能会因此而质疑对"多产"这个词的任何简单化定义，即便是频繁发生，也争取让它应用在那个未"完成"的事情的重复上。他可能会问，除了"做"以外，还有什么能成就这件事呢？并且从层出不穷的否定中如何能产生积极的结果呢？或者仅靠这么多贫乏事例的叠加，如何能实现丰富呢？通过和他更为紧密的沟通，我们在这里应该熟悉了他非常具有个人特色和具有启发性的观点，即主题的丰富性依赖形式和感觉的贯穿来实现，甚至是通过措辞表达来实现——后者富有创造性地回应着前者。这是一种坚定的信念，依照这种信念，他似乎真正在坚定不移地创作，而他身上的这种信念因而也成就了其极高的信誉。毋庸置疑的是，如果他的作品逻辑松散，他的信誉就会受到折损，然而我们提到这一点时不仅不感到羞愧，并且还因为这些作品所表现出的逻辑的严密性而感到一种备受鼓舞的自信。让措辞——在特定时刻中，全体的命运都压在它上面的那个形式——既优美又密切相关吧，其余的东西会自洽的——这就是福楼拜信念的大致意涵。重要的是，这信念是诚挚、活跃，并启迪人心的。我确实需要赶快补充一点，那就是我们首先要铭记，在这些事情中，每件事都是如何与定义密切相关的。对我们的作者来说，"优美"之于措辞而言包含了大量的内容，而当每一种适宜性都被纳入这个词下，每一种关联在这样一种复杂性中都得到了保护时，这个观念本身，这一主导性的思想，最后一定会得到充分的供给。

　　然而，这些无论如何都是次要的观点，在我已经涉及的这个层面上，那个直截了当的问题就是我们是否真的希望他创作出更多的作品，比方说创作出更多既不是《包法利夫人》的风格，又不是《萨朗波》风格的作品，但是却没有把它们写得很好。如果一个伟大的艺术家活过了相当长的一段时间，而他的作品数量却很少，那么这总会是一个遗憾，然而对这个问题却没有什么可以想象得到的解决办法。因为毫无疑问的是，这个情况早已被这个伟大作家恰好所属的那个类型给事先决定了，并且即便我们遇到了这样的矛盾，遇到了这种历史性的状况，这种审慎和拖延也可能不全是由性情所致。那位令人羡慕的乔治·桑，福楼拜乐善好施的朋友和通信人，就恰好是我们所能找到的一个最让人愉快的例子，她证明，有些天赋异禀的人生来就无须担忧，对她来说，风格是"不请自来"的，她所追寻的效果总是很快就轻易到手，她的作品都是自由且敏捷地写成的，最后她以九十多卷的作品呈现在我们面前。虽然要是把这位女士与和她同时代的大仲马相比，他们之间的差别就能有四倍之多，但是不知什么缘故，那个让人难以理解的天才在写作的事实方面从未真正为我们所领悟，因而在这里不作为我们关切的对象：问题在于关乎风格的表达是如何发展的，而由于大仲马在他漫长的职业生涯中都从未触碰过这类问题，他身上就连一丁点的优雅风度都没有。不管怎样，福楼拜是由六部作品来代表的，就此而言他可能被认为是贫乏的，而桑夫人——差一点就写够一百卷了——则被视为是丰富的，然而，事实仍然表明，我能确信自己和福楼拜意气相投，而对桑夫人却完全没有这种感觉。她是松散、流动和易变的，我们让她多易变，她就可以多易变，然而我能想象出那些凭着一时冲动去模仿她而写就的作品是不具备任何良好品性的——所谓良好品性，我指的是内容紧凑。毋庸置疑，她从她自己的天资才能那里获益良多，但是难道我们不会自忖，我们在多大程度上拥有这些天赋呢？在文学的层面上，对于那些具有批判性的头脑，且厌倦了太多松散曲折的人来说，她的作品中可以信赖的东西太少了。福楼拜自己的作品也散漫曲折，一直游荡到很远的地方，因为太拐弯抹角，有时候甚至自己都迷失在其中，但他是多么慷慨地为我们提供了可以信赖的东西！他发现用法语进行优雅的写作困难得无法想象，他也面临着一个同样的事实，那就是即便是非常成熟的语言也最不关心优雅的问题，与此同时，坚持捍卫自己权利的品位则坚决要做到优雅，并且还无休止地浪费着精力来向我们展现，如果没有优雅就意味着什么。他更是忽视了这片死亡沙漠已经返回到了这种情况中——即所有一切为了我们而幸免于难的东西在一开始就已经被其中蕴藏着的高雅灵魂所拯救了，或者换句话说，是被对选择的深思熟虑所拯救，被由个人自命不凡的独特风格所表现出的冷漠态度——它十分不同于"创作"的动因——所拯救。因此他认识到，要坚持个体的自负充其量就是一场战斗，于是他热爱坚硬的外表，而厌恶软弱——更厌恶把两者混淆在一起；他认为，在一部号称优美但却名不副实的作品中，一种没有韵律感和协调感的风格就等于毫无风格可言。在他看来，如果缺乏之前已经提到的那种完整的表达，那么这就会导致那个自诩为优美的作品成为一部完成了的粗野之作。即便只是浏览一遍他极少的一些偏见，我们也会离题太远，但是例如说，韵律感和协调感在他的体系中就最受重复之扰——在重复毫无优点可言的情况下，而首要的是，在构成我们现代语言的大量小品词的支配下，它们所受的侵扰最甚，这些小品词还把那备受渴望的表面做成一种从底部刺穿至损毁的织物，仿佛是穿过了数不尽的荆棘一般。[27]

处在这些困境当中，他创作的速度自然就会很慢——尤其是当他遇到那个困难的时候，并且他还带着不屈不挠的精神，说明了应该如何应对这个困难。而对于英语世界的读者来说，饶有趣味的地方在于他使我们思索，我们自己是否可能获得能够与之相提并论的成功。我已经谈论过他不满的悲叹和抱怨，以及他长久的等待和深深的绝望。然而，设想一下这样的情形：他注定要去对付一种言语形式，就像我们的言语形式那样，第一部分由"那"（that）和"哪个"（which）组成；第二部分由那个该死的"它"（it）组成，一个英语句子可以在三到四个完全相反的含义中反复使用这个词，而完全无损其地位；第三部分则全部由不定式和介词的"去"（to）组成；第四部分是我们那宝贵的助动词"是"（be）和"做"

（do）；而第五部分，就是那些在语言中为了那讨人欢喜的宝贵艺术而存在的无论什么东西了。如果是这样，这些情形会是怎样的呢？他会变成怎样的呢？他精心创造的剩余的东西又会是怎样的呢？无论如何，我们当中的"生活"的画师都必须对付一个本质上难以驾驭的媒介。在一定的层面上，正如我们自己那样，在当今的时代，无论这一不利条件是否导致了他没能让我们获得享受，吸引我们，迷住我们，创作出独树一帜、享誉殊荣的古典主义作品，有一点都是毋庸置疑的，那就是我们认为福楼拜之所以在这一缺陷方面获得了平衡，是因为他在自己熟悉的领域已经愉快地取得了更大的成功。在此，我并不是说《包法利夫人》之所以成为经典，是因为它让那些"那""它""去"都能行进起来，就好像俄耳甫斯弹着他的弦琴在野兽身上起到的作用一样，而是因为秩序与和谐的因素作为象征发挥着作用，它们代表着这部作品的历史所为我们保存下来的其余一切东西。它的历史至今仍然是那个教训，仍然是那个重要和令人高兴的东西，最重要的是，它仍然是那个缓慢地达到顶点的戏剧性过程。这就是我们为了它向我们表明的情况而返回去的东西。我们看到了——唉，确实是从现在往过去回望，而从来不会从现在展望未来——一部经典是如何坚韧不拔地成长起来的。它经历了微不足道、不被注意的阶段，或者就算引起注意了，也遭受了质疑、疏远和排挤，它的摇篮旁边很少有精灵们相伴，并且大体上说，几乎没有被赋予任何一点的重要性。人们对它的重视是逐渐一点一点地慢慢出现的，事实上，只有一个接一个心思敏锐的个别读者在乘便之际才发现这部作品是罕有的杰作。这些读者数量的增加也并不迅速，并且如果他们并不积聚起来且产生重要影响的话——与此同时，有许多其他更加引人注目的作品出现又消失了——那这种数量上的增加无疑也是徒劳无用的。他们产生的重要影响在于他们的关注的高标准与持久性，因此他们因为《包法利夫人》而聚集在一起，并被深深吸引住了。这又是一个伟大的情境。它总是让我们去再一次感受那吸引我们的东西是什么。无疑，这就是我把福楼拜称作是小说家们的小说家的原因。此外，难道现在我们没有——这次就把它当作一个令人愉快的希望吧——几乎都成为小说家了吗？

作为反面教材的波德莱尔[1]

恶对他来说是始于外部而非内部，
并且主要由大量可怕的景象
和污秽的物件构成。

由于最近关于这位作家——他的名字我们已经写在正文之前的题目中了——的价值展开了一些简短的讨论[2]，因此向那些对相关争论仅仅是模糊地感到其主题很古怪的一些读者介绍他就不会有什么不恰当的地方了。夏尔·波德莱尔不是文学界的新人了，他最重要的作品[3]创作于1857年，而他的职业生涯在几年后就终结了。但是他的崇拜者们把他的作品奉为经典，将他抬高到了那些不朽的作家之列。虽然我们在这一点上和那些崇拜者持不同观点，但是对波德莱尔的这种为他所需要的关注并不会把我们引到太离谱的歧路上去。从数量上（不管他在质量上如何）而言，他算不上一个了不起的作家；加上英年早逝，他的作品并不很多，并且他最引人注目的原初作品只包含了两本小册子。

　　他的名声起源于《恶之花》的出版，此前，这部诗集已经见诸期刊。《两个世界的评论》就曾把其中的几首诗介绍给了世界——或者更准确地说，虽然它把这些诗歌放入了舆论的洗礼池中，但它却谢绝做它们的教父。在这本期刊上，有一条伴随诗歌发表的评论否定了所有编辑对这些诗歌在道德性方面的赞赏。这当然给它们拉拢来了一众读者，而当这部我们已经提到过的作品一经出版便遭到警察的全面审查和修订时，仍有更多的人想要拥有这部作品。然而即便有审查制度带给他的一点好处，波德莱尔也从未在任何程度上变得流行起来：在过去的二十年中，《恶之花》只重印了五版。看到波德莱尔的大胆鲁莽竟然引发了如此大规模的一场丑闻，当今的读者最大的感受会是惊讶，甚至还觉得好笑。从那时以来，整个世界都在飞速发展，而在 1875 年，法国的审查制度一定处在一种过度严苛的状态。无论在法国还是英国，对于当今的散文和诗歌读者来说，《恶之花》里都没有什么能让他们哪怕是把眼睛瞪大的内容。我们已经穿过了烈火熔炉，并从经验中吸取了教益。我们比拉辛笔下的女主人公还要幸福，她做不到：

在任何时候都面不改色[4]

波德莱尔的诗句并不让我们觉得是从一个虚张声势的人口中吟诵出来的——虽然我们听说，波德莱尔在谈话中有一个简直让人讨厌的习惯，就是烘托出一种安静的骇人气氛——这些人眼都不眨地堆积起硕大而丑陋之物，以及渎神的东西，并且还带着一种完全只是在老生常谈的神情。

很明显，《恶之花》是一部诚挚之作——对于有着波德莱尔这样的脾气和教养的人而言，一切都可以是真诚的。似乎对我们来说，真诚属于那种波德莱尔和他的朋友们不太会关心的一类品质。他伟大的特性在于他极致地发展出了对奇特景象的感知，并且他所关心的是事物的样子，以及它们是否能够产生出某种富于想象的乐趣。相较而言，他对它们的意义和去向，以及它们之于整体人类生活意义的关心就要少得多。《恶之花》后来重印的版本（这里面仍有些被禁的诗篇没有收入，但我们认为其余的那些都得以出版）收入了泰奥菲尔·戈蒂耶撰写的长篇序言，这篇文章从侧面解释了那些唯心论报纸所谓的波德莱尔的"心理状态"。波德莱尔当然不会为戈蒂耶对他做出的评论承担责任，但我们不得不在某种程度上通过一个人结交的伙伴来评判他。钦慕戈蒂耶当然是好品位的表现，但是我们却只能把被戈蒂耶欣赏当作是一件有失体面的事。他对《恶之花》的作者做出了极为生动的阐释，但其中关于单纯的准确性问题却显然非常地不受重视，以至于如果我们去附和这样一种标准，就会感到极度的良心不安。然而，当我们在读他的文章时，却发现自己希望波德莱尔与作者自身的相似性要么更多一些，要么更少一些。戈蒂耶完完全全是真诚的，因为他只处理那些奇特的景象，并且自称只关心表象。但是波德莱尔（在我们看来，他的才华完全在戈蒂耶之下）却把阐释的方法应用于那些完全不充分的事情上，因此人们便总是认为较之于事物本身来说，他更关心他的方法——即创作那些具有奇异画面的诗篇的方法。总体而言，正如我们所说，这种推断可能有失公正。波德莱尔对于生活在道德层面的复杂性有着某种探索性的感知，而如果说他所做的最成功的一件事就是把这些复杂性都拖进了非常混乱的元素之中，而他自己也陷入这个水坑里苦苦挣扎，溅泼出了水花，因而这些道德上的复杂性呈现在我们面前时就沾满了泥污，那么这就不是一个好意的愿望，而更像是他在视野上的模糊不清和永久的不成熟。再者，对于美国读者来说，由于波德莱尔是我们的爱伦·坡[5]的鼓吹者，因而对他的接受程度就更高一些。他非常细致而精确地翻译了坡的所有散文作品，并且，我们相信他也翻译了一些非常没有价值的诗歌。带着对《神秘及幻想故事集》[6]作者那独一无二的天才的尊敬，在我们看来，它似乎表明，对他超乎一定程度之上的严肃态度就意味着自己本身缺少了一份严肃性。对坡产生的强烈兴趣明显地表明他处在思考的初级阶段。波德莱尔认为他是一个深刻的哲学家，而他的祖国忽视了他表达出的那些珍贵的思想则是一桩罪过。然而，坡是比这二者大得多的江湖术士，同时也是更伟大的天才。

对于波德莱尔的诗来说，"恶之花"是个非常恰如其分的题目，但却不完全合理。散落的花朵确实会在那颤动着的恶之沼泽中盛开，而如果诗人不介意在搜寻那甜美之物时可能会嗅到腐坏的气味，那他就可以非常自由自在地去探寻它们。但是波德莱尔却——大概来说——没有摘掉那些花朵——他拔除的是那难闻的杂草（我们认为的前提是他没有在一个纯粹讽刺性的意义上使用花朵这个词），并且他还经常装了满杯的淤泥和污水。他对自己说，那些恶与污秽的领域必须被栅栏围起，从而与诗歌的领地相区隔，这是一个巨大的耻辱；这个领域里充满了主题、机会和影响；它有着自己的光亮与阴影，自己的逻辑和奥秘；并且那里有着对一些重要诗歌的创作。因此，他跳过了栅栏，并且立刻让那沼泽浸没到了他的脖子那里。波德莱尔的想象是那种忧郁而凶险的类型，并且在相当大的程度上，这种投入黑暗和污秽之中的做法无疑是非常自发和无关功利的。但总体而言，他让我们感到他很冷淡，而从他那无可置疑的勇气和想象力的敏锐这一角度来看，这是一个巨大的遗憾。他不是通过经验来认识到恶——他并不把恶当作是他自身的什么东西——而是通过冥思和好奇来认识它的，把它当作外在于自身的东西，对此他那智识上的机敏完全不会感到不安，实际上反而是（正如我们所说，他的想象属于那种阴暗的类型）愉快地倍感荣幸且受到激励。在前一种情况中，波德莱尔——再加上他的其他才能——也许算是一位伟大的诗人。然而事实上，恶对他来说是始于外部而非内部，并且主要由大量可怕的景象和污秽的物件构成。这种对事物的看法简直幼稚得可笑。恶被表现为血、腐肉和生理疾病——为了让诗人的灵感得到有效的激发，一定要有腐烂的尸体、饥饿的妓女和已经空了的鸦片瓶。

只看一眼就能把波德莱尔概括出来的一个好方法，就是说他在处理恶的方面恰好和霍桑相反——霍桑是从恶的源头，也就是人类意识的深处去感受它的。除了波德莱尔那才华横溢，但更为次要的小册子以外，他就属于霍桑的反面类型。他处理自己最喜爱的主题时，缺少的正是这种形而上学的品质（坡就是他眼中的形而上学者，并且是他对其真挚的热爱支撑着他完成了《我得之矣！》的翻译），这使他遭受了一类谴责，比如埃德蒙·谢雷先生就指责他以*腐坏之物*[7]为养料；而实际上，在他的作品中，我们从来不清楚自己在应对的是什么东西。我们遇到的是悲伤情绪与可憎的事物混杂在一起，互不分离，而我们则感到迷惑，不知道这一主题是自诩诉之于我们的良知，还是——我们原本要说——诉之于我们的嗅觉。"恶？"我们惊叫起来，"你太高看自己了。这不是恶，这也不是谬误，这就是恶心！"我们的不耐烦就和如果有一个自称要摘下"善之花"的诗人把梅子蛋糕和古龙水当作样本，在我们面前狂热地歌颂时我们所感到的不耐烦一样。抛开他主题上的问题不谈，波德莱尔诗歌的魅力往往非常之大。他属于那种我们从中只能发现有限乐趣的天才作家——那种费力、审慎、简约型的作家，他们要在口袋里摸索半天才能掏出一枚硬币放在掌心。但是，当波德莱尔最终创造出这枚硬币时，它往往具有极高的价值。他有着非凡的语言直觉和恰到好处的修饰语。然而，对于戈蒂耶向他在这一方面的才能所表达出的极度倾慕，我们不禁会感到讶异：这是一个才华如江河喷涌而出的作家在向一个才华像涓涓细流的作家所表达的倾慕。在某一点上，波德莱尔是极为独特的——在他表达联想的才华方面。他的修饰语就好像是从古老的橱柜和口袋里拿出来的，它们有着一种神奇的陈腐气息。

此外，他对那些悲惨和污秽在表面上的奇特景象所具有的天然感知是极为敏锐的。对于这样一种感知力的好处，也许人们有着不同的观点，但无论它价值几何，波德莱尔对它的掌握都达到了一个高度。他其中的一首诗作——《给一位红发女乞丐》——在优美地表达出对可耻之事浓厚的兴趣方面称得上是杰作：

> 对我，孱弱的诗人，
>
> 你这年轻的病身，
>
> 虽布满红色雀斑，
>
> 依旧甘甜。[8]

波德莱尔愤怒地否决了把自己看作是所谓现实主义者的评判，而他这么做无疑是正确的。对于现实来说，他身上牢牢地附着太多的幻想；他总是添枝加叶地渲染事实，并额外附加上许多细节——这种努力赋予了他些许的古怪和神秘，而这正是诗之所以为[9]诗的东西。波德莱尔是一位诗人，而对于诗人来说，去做一个现实主义者无疑是荒唐的。通常，波德莱尔在自己的主题中所注入的观念会加深人们的反感，但无论如何它还是精巧的。当他在向"污臂的荒淫"[10]祈祷时，人们可以肯定他表达的意味比显而易见的粗俗更深——也就是说，他意指一种更为强烈的扭曲。他偶尔也处理宜人的主题，并且即便是最不认同他的批评家也一定会承认，他最成功的诗作也是他最为完整和动人的作品，我们指的是《小老太婆》——一首十分巧妙精湛的作品。但如果说它代表了作者最高水准的话，那么他极少能达到这个顶点。

毫无疑问，如果要讨论有关道德——或者更广泛意义上的道德——之于艺术作品的重要性，波德莱尔就是一个重要的文本，因为他极为罕见地结合了技巧上的热忱、耐心，以及堕落的感伤之情。然而即便我们还有篇幅来开启这样一场讨论，我们也应该少费些口舌，因为我们感觉关于这一个问题的争论看起来非常荒谬。如果用两个词来表达的话，去否认题材的相关性，或者否认道德品质对于艺术作品的重要性，都让我们觉得是难以形容的愚蠢。我们不知道那些大道德学家关于这个问题会怎么说——他们很可能会心平气和地处理它，但那并非问题所在。伟大的艺术家们将会说什么则是无可置疑的。这些天才认为那整体的思想者是一致的，而如果不把道德因素算在一个人对一件艺术作品的欣赏中，那么这就和从艺术作品（如果它是一首诗歌）中排除所有三音节的词一样明智，或者就把这样的部分仅仅看作是在烛光下写成的。那些"为艺术而艺术"的倡导者在情感上的粗俗往往是一个显著的例证，它表明事实上大量的所谓文化可能并没有消除掉精神上那根深蒂固的偏狭。他们谈论道德的方式就好像埃格沃斯[11]小姐笔下孩子气的男女主人公谈论"医学"——他们指的是道德因素被放进艺术作品和人们对这些作品的欣赏之中，以及被排除在外的状态，仿佛道德因素是一种彩色的液体，它被装在一个贴着标签的大瓶子里，放在某个神秘又富有智慧的柜子中。实际上，它只是灵感那必要的丰富性的一部分——它和艺术的方法无关，但却和艺术的结果有着不可分割的联系。一部艺术作品在源头上感受到的道德因素越多，它就越丰富；如果感受到的越少，它就越贫乏。品位广博的人会更倾向于丰富的作品，并且他们也不会赞同方法就等于全部作品的观点。我们完全可以相信，对于大多数在任何程度上靠作品进入艺术世界的人来说，上述所有论断都是足够明确的。在他们看来，主题是他们作品的一部分，就好像食欲是他们晚餐的一部分一样。正如一些波德莱尔的仰慕者会使我们相信的那样，他离这种思考方式并不太远。然而我们在总体上可能还是要说，他是奇异幻想的受害者。他试图用卑劣的主题写出优美的诗作，而在我们看来，他显然失败了。作为诗人，他提供了不适和痛苦的永久印象。他去寻找堕落，而这个病态的疲惫诗人却证明了缪斯的毫不领情。有思想的读者感觉自己像个批评家，正如我们所说，尽力地去发现那被丑恶扭曲了的美。毋庸置疑，诗人所期望的东西似乎总在他关于诗歌的态度中呈现；而读者所看到的，则是一位绅士以一种看起来非常痛苦的姿势，紧紧盯着大量被我们明智地回避掉的东西。

小说的未来 [1]

当社会是坦白直率的，

能够让人类社会的大事小情无拘无束地发生，

那么小说也会和社会一样自由而有活力。

我们都知道，事物的开端往往微不足道，而随着发展，也未必能成就了不起的大事，然而在我们的时代，在各种文学体裁的相互竞争之中，长篇散文体故事地位的扭转与飞速提高可以说是最令人惊异的。在这一文学体裁诞生之际，没有人能够预见它的未来。从最初粗野的吟咏中认出后来包罗万象的史诗萌芽，比从最初传播开来用于娱乐的趣闻轶事中认出我们今天知道的小说萌芽要更为容易。的确，小说的自我意识来得比较晚。但从那以后，小说尽其所能地弥补了它所失去的机会。现如今，小说的洪流不断上涨，似乎时常威胁着要淹没整个文学领域。在许多人的所谓被动意识中，小说起到的作用直接伴随着能够通过各种方式获取书本的人数迅速增加而不断增强。在英语世界里，书籍无处不在。正如我们所见，最容易且最为广泛传播的就是卷帙浩繁的散文体故事形式。这种普遍的现象似乎真的只是直接得益于书本的篇幅巨大。有相当数量的大众，如果可以称其为大众的话，不善言辞却极能吸收。对于他们来说，印刷书本只用来在几小时的闲暇时间里消遣。这些订阅、借阅、出借，或用任何一种方式获取书籍，甚至有时还会购买它们的大众群体逐年扩大，最显而易见的是，目前新增的人数中最多的是"故事"的读者。

这一群体得以壮大的来源主要有三个，实际上第一个可以说是另外两个的总称。初级学科的普及以及公立学校的增多越来越有助于形成女性与青少年阅读群体。在该领域的调查中，没有什么比这一事实更让人震惊且难忘的了，那就是在养活着故事叙述者和出版商的庞大群体中，占最大比例的是男孩儿和女孩儿们，并且尤其是女孩儿们，如果我们把这一称呼也用在无数更年长的女性身上的话。这些女性在现代境况下越来越不会结婚——并且显然也，甚至主要是不愿意结婚。可以说，她们中的许多人在很大程度上直接依赖小说度日——我们暂时把问题限定在实际消费小说的层面上谈。而儿童文学——为了方便起见这么叫的话——也在小说市场中占据了相当大的一部分。我们了解到，为学童写作即使没有出名也发了大财，并且由于那些学童开始得早而结束得晚，他们阅读这些为其精心设计的大杂烩的时间段在两端都加长了。这就能够解释为什么在那些公共图书馆，尤其是私人盈利的机构里，流通借阅的"故事"多于其他书籍数量的总和。公布出来的统计数据十分惊人，并且引发了许多担忧。那种曾经被称为"好"的品位与此无关了：成千上百万的人们已经向我们表明，在他们看来，品位只不过是模糊不清、令人迷惑，且即刻发生的本能直觉。在火车站书摊的最前方，在大部分书店，尤其是外省的书店里，在周报的广告里，以及在其余的无数地方，都见证着大众喜好的胜利，它们顶多随意给体育运动类或新旧神学类的书让出个版块。

不过，由于这一情况是如此显而易见，所以轻易地就能获得充分的例证，也就没必要再进行补充了。值得一说的是一个有趣的怪异现象，或者说是一个谜团——这种怪异现象以它的奇特性在相当大的程度上使整个情形变得更为人瞩目：简言之，就是为什么男人、女人和孩子居然花这么多精力在那些总是如此随意写就，并且往往散漫无章的作品上？乍一看，这真的让我们惊讶不已。这个天大的好机会——因为它看起来是个好机会——留给了只是未经确证的野史，那些廉价的东西，它凭空而就，无论哪部作品都是记录了那些靠不住的描述，或者充其量对一些我们实际上无法去核实的"文献"负点责任。这是整个小说行当总是为人质疑的一面，要不是小说已经变得为世人赞赏了，这种情况的严重性会让它轻而易举地沦为笑柄。事实上，我认为小说从来没有从哲理的角度迎接挑战，从来没有找到一个可以刻在自己徽章上的信条，也从来没有过比这一直截了当的回击更好的自我辩护："为什么我并未无益到愚蠢荒谬的境地呢？因为我能做到这个。你看！"然后它就会不时抛出一些实实在在的杰作来。然而，有少数可敬的智者连那些大作也不在乎，也不认为这些作品里有什么重要的东西。对他们来说，小说这一形式本身，无论是最好的作品还是最糟的作品，从来都是无价值且荒谬的。需要补充的是，持有这一观点的阶层由于另一个不同圈层的加入而明显扩大起来。这些人以前喜欢小说，现在却疏远了，认为自己受到欺骗，感到厌烦，对他们来说，小说的整个发展趋势无疑也没能让它的诸多可能付诸实现。还有这么些人，他们热爱着小说，但实际却发现自己淹没在小说的冗词当中，对于他们来说，即便在一些被认可的表现中，小说也变成了他们费尽心思想要避免的可怕东西了。无论如何，这些冷漠和疏远的态度几乎和那些无书不读的人同样程度地证明了一种普遍的巨大含混性，它显然仰仗心灵的首要需求而定。小说家只能依赖这一点——即认识到人们总是希望从他们那里得到的东西只是来自他们普遍对画面的渴望。小说充满了最全面且最灵活的画面。它能延伸到各处——它能容纳万物。它所需要的只是一个主题和一个画家。然而了不起的是，人类的全部思想都可以作为它的主题。并且如果我们再退一步，探究为什么在表现的对象本身通常都可以触及的情况下，还需要有对它们的表现？那么答案似乎就是人们一方面永远渴望拥有更多的经历，另一方面又无比狡猾地希望尽可能轻易地获取这些经历。只要有可能，他们就会去盗取别人的经历。他们愿意过他人的生活，对于那些与自己的生活经历相像得难以容忍的地方，他们就更能充分地感知到。于是，那些生动的故事就比任何体裁都更能轻易地满足人们的这一需求，它让人拥有丰富的见闻，并且还是来自他人的经验。它让人去挑选、获取、遗留，从而感到自己能够不去考虑必须拥有少见的才能，或罕有的机遇，才能凭借思想、情感、精力而直接地拓展自己的经验。

然而显然并不只是这一点促成了当今小说的盛行，其他情况也起了作用。事实上如果我们去探究的话，其中一个起作用的情况可能就是我们曾经大肆赞美的好运气减少了。直接伴随小说高度繁荣的是另一个"时代的征兆"，即文学普遍地非道德化和庸俗化，以及所有这些交流方式的逐渐为人熟知，可以说，让它极度关注到妇女、儿童的存在——换句话说，就是关注那些缺乏思考和批判的读者。总而言之，一方面，从社会层面上说，如果一部小说发现自己以这样一个标准被认为是一部最佳作品；那么另一方面，它也会发现自己在同样程度上是小打小闹。所以人们发现，许多轻松制造小说的方式绝非偶然出现的奇观，不论是好是坏，小说在从前天真的岁月里都被这样误解，因此也相应遭受了质疑。几乎每一文学种类都被太多人抛弃又拿起，被操纵，被欣赏，被忽视，而这正是小说之未来的问题成为整个人类群体的未来这一问题的原因。世世代代的人们到底该如何面对这巨大的增长呢？对某一特定类别未来发展状况的任何推断，都要服从这样一个限制条件，即人们可能在不远的一天不得不正式下令，并且切实地进行大清扫，周期性地去擦抹和销毁。事实上，这一点时常为怀着期待的人们听到，就好像我们看着文明的航船前行——那阵阵巨大的水花声一定在回应着众人命令式的呼喊："扔进水中！"至少现在十分清楚的是，实际上大部分在一年内印刷成卷的书籍随着时间的流逝而消失，在这种情况下，它们就不再需要被解释或被考虑了。因此，当我们在谈论小说的未来时，我们当然必须限定这一探究只针对那些对于批评来说有着现在和过去的类型。并且它只是从表面上看似乎十分混乱。在英美两国，每部得以面市的作品都希望有人来"评论"，这一事实仅仅证明了这两个国家的文学批评都在衰落。这些文学评论十有八九由一个不发达的头脑写出，它就和自己笨拙地处理的那个作品一样不成熟。而批评精神——它清楚哪里涉及它，而哪里没有——免于受到损害，也仍然没有被影响。报纸必须存活下去的理由实在是太多了。

因此，至于这一真实确切的小说类型，其结果是在它毫无防备的、绝对无所遮蔽的状态下，我们继续接受它，甚至觉察到这如此不稳定的根基所散发出的魅力中蕴含着一种独有的美。它完全地依赖于我们的宽容慷慨，并且确实经常通过它所受到的待遇，为我们提供衡量许多人思想水平和敏锐程度的标准。在我看来，任何人都没有哪怕是最少的绝对义务去"喜欢"一部文学作品，或其他的艺术作品。在任何一个女人——无论她是否美丽可爱——面前，一个男人是否"坠入爱河"都毋庸置疑地是他自己的事。这不是涉及风度的事，个人自由有着极大的空间，并且艺术家设下的陷阱——罗伯特·路易斯·史蒂文森曾极好地做过这个类比——和一位女士散发出的魅力并没有什么不同，只留下了迷恋之情是我们羡慕和仿超的。当我们真的为小说的魅力倾倒，当我们被陷阱所困，我们就任其摆布控制。那么，即便为时已晚，这一怀揣如此珍贵奥秘的发明怎会不拥有一个未来呢？我们思考得越多，就越会觉得这些用散文写成的画面直到它不知道自己能做什么之前，永远不会走投无路。小说无所不能，这就是它的力量和生命力。它的可塑性和灵活性都是无限的，没有什么色彩、没有什么延伸是不能够从其主题的性质和小说家的性情中获取的。并且它还有着一项特别的优势——一个令人难以置信的运气——即它在能够给人以至美至善的印象同时，又能极度不受规则和约束的限制。即便尽我们所想，也找不出除了其自身以外，小说还必须要符合什么条件，讲不出小说有什么特别的义务或禁忌。当然，小说必须吸引我们的注意力并加以回报，一定不能诉之于欺诈，但这些显然令人厌恶的进行干预的必要规则并非小说独有——它适用于所有的艺术作品。在其余方面，小说拥有一个如此自由无碍的场地，因此如果它消亡了，那一定错在自己——错在它的浅薄，或者说错在它的胆怯。出于对小说的特别喜爱，人们几乎总是喜欢认为小说的出现就面临着某种死亡命运的威胁，于是他们就可以去想象小说在造物主赋予了复活的生机后所引起的戏剧性冲击。艺术家的禀性可以为此做出巨大贡献，因此我们对一些典范性的妙笔的渴望就是在要求作家在视觉上为我们做出至高的证明。事实上，如果我们对这一视觉上的现象流连得够久，就会毫无疑问地开始思忖——并且仍然是出于对这一形式本身的特别忠诚——是否我们自己的预期情况可能在不久之后也会出现在许多批评家那里，于是他们就期待有一位即将到来的伟大艺术家带来令人愉悦的转变。

对于这样的幻想至少有一条解释：除非我们加以限定，否则对此的思考是徒劳的。而对我们来说，问题最容易触及的一个方面，便是对英语读者产生吸引力的这个行业的现状。由于篇幅限制，恕我就不再试图衡量小说行业在法国的发展状况。法国人，就像他们比我们更用力地策马一样，在小说行业里处在和我们不同的阶段，而我们无疑还要穿越许多他们走过的路和休闲的区域。但是，如果当我们只根据英国和美国的材料归纳总结，从而缩小思考的范围，我也不能保证会更快地得到答案。无论如何，我应该投入当下问题的具体情况中去，这是一项艰巨的工作。如果所有书籍仅仅依赖人们的仁慈才没有被全部销毁，当这一天真的要来了，那么英语商业小说能够勇敢面对危机，以品质越来越高的作品来打动我们吗？我想，如果要使寻找这一问题答案的尝试真正有趣起来，就不得不去了解许多具体的例证——不得不同时指出那些有名的和无名的来讲明道理。如果不这么做，那这样的自由只会太过火了，反而妨碍了问题的解答。没有什么能够阻挡我们把各种令人愉快的征兆和美好的前景都视作理所当然——毫无疑问，我的意思是只要记住一个普遍的事实，即小说的未来与生产和消费小说的社会的未来是紧密捆绑在一起的。一个普遍有着良好文学领悟力的社会与一个几乎没有文学领悟力的社会相比，创作文学的天才在前者中只不过不会像在后者中那么容易被忽视而已。而在一个文学批评敏锐且成熟的社会里，比之于在一个文学批评占据次要地位或处在不堪境地的社会里来说，文学才能在不知不觉中就得到了锻炼，从而能够成功地坚持自己的主张，能够更好地自我防备。一个勤于思考和热爱思想的社会倾向于通过"故事"做试验，而一个主要致力于旅行、射击、促进贸易和踢足球的社会就会对其置之不理。毋庸置疑，有许多评判者认为这些试验——充其量是些古怪和神秘的东西——对小说来说是不必要的，它的面孔已经彻底地朝向了一个方向，它只需一直往前走就是了。如果这是小说目前在英美两国所做的事情，那么关于小说的未来，能说的主要就是这一未来确定会越来越显示出自己的微不足道。因为生活广阔的多样性始终会向四面八方延伸开去，而在这些方面可能一直会有缺少智慧的巨大缺陷。对于令人钦佩的艺术来说，这个缺陷是唯一不可原谅的，因为我们可以说这是一个关乎灵魂的缺陷。而那个在小说自由的普遍性这个问题上显得愚蠢的小说形式，可能是我们唯一可以先验地、毫不犹豫地称之为错误的形式。

因此，当今在我们自己中间最有趣的事情就是在何种程度上我们能指望看到那种自由感被培养出来，并取得成效。诚然，除此之外，没有什么称得上是我们广阔英语世界的伟大戏剧中最吸引人的因素了！由于小说在任何时候都是对于现实风俗最直接的反映，可以说，也是对社会风尚令人钦佩，且暗藏玄机的写照——既有直接反映也有间接反映，并且既通过它没有接触过的事物，也通过它接触过的事物——因此我们最为关心的小说现状正反映了我们社会的变迁和机遇，反映和诱导了大多数观察者的迹象与征兆，并且在我们提供的情境中普遍地构成了最"有趣"的那些东西。打个比方来说，就想象中的能量而言，由于我们悠久而最为人尊敬的传统使我们在处理精细的事件时，极度地迁就那些缺乏经验的年轻人，所以最终陷入了困境之中，对我来说，没有比这更能符合这种描述的了。未来的小说家将不会只是回避问题的实质，他们由此必须要解开的那个特定的结，这毫无疑问地会表现出其观念的核心。从任何严肃的观点来看，这伟大的散文体故事会崛起还是衰落取决于它决定对于"年轻人"做些什么。清楚的是，散文体故事在我们中间从未真正做出过选择——大体上，它总是遵从于一种非理性的逃避本能，其中有一些还躲避得十分恰当。当社会是坦白直率的，能够让人类社会的大事小情无拘无束地发生，那么小说也会和社会一样自由而有活力。而年轻人因为太年轻，还没有桌子高。但他们开始成长了，并且从他们把自己稚嫩的下巴放在桃花心木桌的那一刻起，理查森[2]和菲尔丁[3]就开始在桌下穿梭了。由此出现了对一切主题的不信任，只有伟大的两性关系才受到谨慎的对待，无休止地在全世界范围内不断重复更新，这清楚地表明，无论小说——生活的散文体画面——打算承担什么，它都没打算承诺做到不肤浅。它的立场变得十分像是说："你难道不知道还有别的东西吗？看在老天爷的分上把那一个放在一边吧！”多年来，小说这一行业一直致力于——它所带来的影响我们今天也看到了——这么一种恰如其分的"把那一个放在一边"的事业。由此引发的后果多种多样，此中还不乏吸引人者。其中之一就是我们的小说有一个重要的缺漏——虽然许多批评家总会评判说它损害了整体，但是其他人谈起它来会继续当它只是无关紧要的小事。一个人只能代表自己的立场，而对于我所喜爱的英美小说家来说，我最喜欢的地方就是我能绝对地按照他们本来的样子去接受他们。如果不把"谈情说爱"——就像那个词说的那样——的部分排除掉，我就十分难以想象狄更斯和司各特[4]。在我看来，从对这一主题的关注只能是敷衍了事的那一刻起，他们实实在在地不去碰这个主题就是完全正确的。在他们的所有作品中，尽管也存在着一些描写爱情得到满足或者遭遇挫败的片段十分惹人喜爱，但它们都是最无关紧要的因素。因此人们可能据此提问，何不因此假定，那些过去如此好地实现了他们目的的禁忌会继续成功地发挥效用呢？你还能拥有什么比司各特和狄更斯更好的呢？

肯定不会有什么了，至少可以立即作出回答，并且我不能想象还有什么比永远伴随着这种不断延续的福气更让人无忧无虑的前景了。而摆在现实中的困难是有两个重要的条件已经发生了改变。小说变老了，年轻人也一样。似乎在这个问题上，年轻人能为我们做的所有事都已经成功地做完了。他们已经阻挡了一件又一件事，然而我们仍旧缺乏一种完整性，奇怪的是看起来似乎做出这一重大发现的正是青年人自己。"你们已经好心地，"他们似乎对那些小说销售商说，"把我们的教育从父母和牧师的手中接了过来，无疑，这让他们可以自由自在地消遣取乐。但是，如果这是个教育问题的话，你们一直以来到底都为自己的教育做了什么？在这些方面你们似乎非常缺乏训练，而且在这些方面向你们索取参考信息会不会像看上去那样徒劳无用呢？"关键在于，自从这变成一个避免损害名誉的问题起，小说是否能像很长一段时间以来已经固定下来的行事方式那样，做到优游处之呢？一方面，有很多有趣的内容都被忽视了——各种各样的社会风俗、形形色色的阶层和区域、多彩多样的性格和环境，这些都还不为人知。而另一方面，人们误以为这些在即刻现成的形式里反复出现的松散且单薄的材料一定是可靠的，但遗憾的是，它们反而更不经用。本身简单的事物可能最终会反过来抵触我们简单化的处理方式。所以总而言之，我们不需要比国王还保皇主义，比小孩还孩子气。可以肯定的是，任何艺术——当然，我不是指任何单纯的生产行业——如果不在它最遥远的追随者前面多走一步，它就没有真正的健康状态。如果这些重复更新只是源自那些读者的餍足感，而迄今为止那些牺牲都是为他们而做，那么这就是怪事一桩了——真是一出伟大的喜剧。与此相关的是，在那些初来乍到的人看来，由于当今英国生活中最重要的莫过于正在发生的女性地位和观念的变革——并且较之于表面上喧闹的示威游行，变革在无声处反而进行得更为深刻——所以我们可以很清楚地看到女性越来越投入写作活动，打破了一直以来总是出于迷信而对她们关闭的窗户，并发出了终极的回响。在这一情境中，那股一直被反对的风潮会吹进来，以对付崭新的问题。一些观察者认为，一旦女性确实拥有了自由处置的权利，她们将不会报偿男性长期以来出于无限顾及女性天然的敏感，而对她们防备有加的态度。

那么，承认上好的解忧之物也可能有完全失效的时候，简而言之，就意味着这种情况只有在一些高级区域，由于犯了什么严重的错误才会发生。人们因为可以立刻抹去且损毁所有帮他创造休闲幻觉的玩物，而在这种无与伦比的才能中沾沾自喜。然而，只要生活还留有把自己投射到人的想象之上的能力，人们就会发现小说比自己知道的任何事物都能更好地处理他们的印象。在这方面，比小说更好的东西肯定还有待发现。只有当生活本身也彻底和自己相抵触的时候，人们才会放弃小说。实际上，即便到了那个时候，难道小说就不会通过对那衰败的刻画再一次，或第五十次地恢复生机吗？镜子中总会有一个映照的图像，直到世界成为一个无人的虚空之地。因此，我们需要立即加倍关心的是让映像保持生动多样。坦白说，对于那些即便面对许多勇敢的抗辩，仍然认为小说备受威胁的人有太多可以说，因为很少有什么映像能让我们看到他们是如何产生了对这种前景的认识。他们认为整个小说行业一方面与观察和感知脱离，另一方面又脱离了艺术和品位。他们得到的第一手印象太少，也没有努力地去深入理解——法语令人钦佩地用 *挖掘*[5] 这个词表达了深入理解的意思——很有可能，他们更缺乏任何关于创作的技巧，以及任何的结构、布局与章法。这不是一件小事，虽然它确实是伴随着剑锋之力而来，即对于如此多更加锐利的眼睛来说，那个"奥秘"已经从小说技艺中消失，并且在赞许声中，由一种平易近人的直率坦白取而代之。但哪怕在最糟糕的情况下，即便对于这些惊慌不安的人来说，它们也是小说家而非小说发出的信号。只要还有一个需要去处理的主题，那么就可以依赖对主题的处理来重新燃起火焰。只是那服侍者必须真正走上祭坛。因为如果小说就是处理方法，那这种处理方法本质上就是我曾说的解忧之物了。

译后记

    1843 年，亨利·詹姆斯出生于纽约的一个富裕家庭。他的父亲老亨利·詹姆斯是一位神学家，哥哥则是被誉为"美国心理学之父"的威廉·詹姆斯。从二十多岁起，亨利·詹姆斯就开始以写作为生，从此直到 1916 年去世，他都没有再从事过其他的行业。因此可以说，他的写作生涯从美国内战的末期延续到了第一次世界大战的中期。虽然出生于美国，詹姆斯人生中有相当长的时间是在欧洲度过的。他在青少年时代就多次去过欧洲，不仅如此，由于从小学习法语，他还阅读了大量的英法文学作品，这使得他相较于同时代的欧美作家显得视野更加宽广。正如詹姆斯研究的重要学者和传记作家利昂·埃德尔所言，丰富的旅行和阅读经验使得詹姆斯同时看到两个世界在向他敞开，一个是正在早期形成过程中的新世界美国，另一个则是由日内瓦、巴黎、伦敦等城市风景所构成的欧洲。从 19 世纪 60 年代末起，詹姆斯开始了与欧洲文人作家的密切交往，1875 年，他在巴黎拜访了屠格涅夫，与其结下维系终生的友谊。除此之外，他还结识了巴尔扎克、乔治·桑、福楼拜、左拉等著名法国作家。通过与他们的交往和对他们的观察，詹姆斯也让自己的"小说的艺术"不断精进，最终取得了与这些大家同样辉煌的文学成就。

毋庸置疑，詹姆斯在文学上的声誉主要来自他的小说创作，例如《黛西·米勒》《使节》《金钵记》《一位女士的画像》等重要作品几乎都甫一出版便同时在英美两国广受欢迎。但他作为文学批评家的身份亦不容忽视。首先，他具有美国背景，又长期生活在欧洲，与欧洲文人作家圈子交往密切，他的批评作品大多以那些极有分量的欧洲作家为讨论对象，这使他成为欧洲文学的重要观察者；其次，他多次参与欧美文学界的重要讨论，其针对热点问题的批评文章常见诸当时传播最广的几大英美报刊，它们都是了解当时文学观念和文学话语的文献资料；最后，从詹姆斯的批评著作中，我们也可以捕捉到其自身文学观念的发展历程，从而更深刻地理解他的小说创作。

在詹姆斯的诸多批评作品中，最重要的一篇文章就是《小说的艺术》。正如詹姆斯在开篇所示，这篇文章是对英国小说家和历史学家沃尔特·贝赞特爵士同名文章的回应，而贝赞特的文章则是基于1884年4月他在大不列颠皇家研究院的一次演讲。当时，欧美范围内正在进行着一场关于小说的大讨论，贝赞特在这一背景下提出了三个主要观点：首先，小说是一门艺术（Fine Arts），是美术、音乐、雕塑、诗歌等艺术形式的姐妹。这意味着，小说的领域没有边界，它存在着极大的可能性，而优秀的小说作品和其他的优秀艺术作品一样，应该受到崇敬。其次，小说这门艺术存在着普遍的法则，因此可以为人准确地习得。最后，小说和纯商业化的艺术有很大的区别，学习它的普遍法则需要具备必要的天赋。可以看出，这三大观点都是基于小说作为一门艺术的前提之上，并且与音乐、绘画、雕塑等艺术形式相对照。这一论断在当时并非不具有挑战性。正如贝赞特所言，从理论上讲，它也许受到了一定的认可，但在实践中仍然存在着对小说和小说家的普遍偏见。贝赞特演讲的意义就在于他不仅明确提出小说应该与绘画等艺术形式一样受到足够的重视，甚至还列举了小说的优越性——相较于绘画和雕塑往往只擅长处理情境而言，小说擅长表达行动，优秀的小说作品对广阔的人性具有极大的热忱和同情，它不仅能够表达作家最好的思想，也对读者大有助益。除此之外，小说又具有诗歌所不具备的流行性。这样看来，小说不仅是一门艺术，而且还大有前途，是最为高贵的艺术形式之一。在这一问题上，詹姆斯的观点和贝赞特相一致。他不仅在《小说的艺术》中借用了贝赞特关于小说是绘画的姐妹这一比喻，而且在 1900 年写作的《小说的未来》一文中赞美了小说的生命力，并表达了对其未来发展的乐观态度。

不过不应忘记的是，在小说作为一门艺术的前提之下，贝赞特还认为小说具有可以习得的一套普遍法则。因此，他向那些开始学习写作小说的青年作者列出了关于小说创作的诸多教条。例如要像绘画学习者练习素描那样每日描写观察到的人事，经过这样日积月累的练习之后，就能够积累广阔的生活素材，并且锻炼出敏锐的观察力，从而在大量素材中准确地筛选出那些重要的细节。再比如要通过记录身边人的话语来练习写作对话的能力；要相信笔下的故事；要重视文体和风格的技巧；要使笔下的每一个场景都完整；要不断学习和反复修改，等等，等等。这些建议不可谓不中肯实用，事实上，也确有大作家实践着这些方法。比如詹姆斯就提到屠格涅夫是一个擅长做笔记的小说家，这一习惯成就了他作品中那些迷人的细节。但问题在于，贝赞特在强调小说的真实 (truth)、现实 (reality) 和文体 (style) 的同时，认为小说的真实和现实来自作者的经验，亦即作者切实观察和经历过的人事。因此，他向小说初学者发出忠告：永远不要超越你的经验。具体说来，就是人物必须真实，就好像在真实的生活中会遇见一样。因此，"一个宁静乡村长大的年轻女士不应该去描写驻防部队的生活"，而"如果一个作家的朋友和他的个人经历都来自中下层阶级，那么他应该谨慎地避免让他的人物进入上层社会"。并且，贝赞特还认为小说除了要具备出色的故事，精细的风格和技巧，还应该有一个自觉的道德目的。贝赞特注意到这是当下所有现代英语小说的特点，并认为这是一件值得庆贺的事情。

总而言之，贝赞特的演讲在肯定小说艺术地位的同时，也以一个成熟作家的身份向青年写作者提出了建议。他关于小说的看法在欧美大讨论的背景下引起了一些舆论反响，其中就包括詹姆斯同年9月首发于《朗曼杂志》(*Longman's Magazine*) 的《小说的艺术》, 也正是这篇文章让詹姆斯在关于小说的大讨论中处在了中心的位置。前面已经提到, 詹姆斯在文中赞同贝赞特认为小说是一种出类拔萃的艺术形式这一观点, 并且同样将小说与绘画等艺术形式进行类比。所不同的是, 贝赞特关注的主要是外在法则的类同性, 认为"小说的法则应该可以被制定和教授, 使它像绘画的协调、透视和比例法则一样精确严谨"。而詹姆斯将小说与绘画进行类比的重点在于指出小说在使命上和其他艺术形式一样, 都是去表现生活 (compete with life)。虽然通篇带着谦卑的语气, 詹姆斯还是在《小说的艺术》中指出贝赞特错在人过确定地说出小说应该如何。在为小说初学者提出具体的建议时, 贝赞特陷入了机械的教条, 而在主张小说必须具有"自觉的道德意识"时, 他的表述又过于模糊。事实上, 詹姆斯是借由对贝赞特的批评发表自己关于小说的核心观念, 即小说是一种既严肃又自由的文学形式。

所谓自由, 首先就是小说拒绝外在规范的制定, 无论是清晰的轮廓, 精细的技巧, 还是大团圆结局, 都不该成为衡量小说优劣的标准。其次, 小说拒绝细化的边界限定。在这一问题上, 詹姆斯表露出了他对法国文学观念的吸收: 虽然法国小说理论相当完备, 但法国人只给了小说一个名字, 而不再进行体裁内部的细分。也就是说, 詹姆斯认为小说是一个完整的有机体, 任何针对文类、体裁和主题的划分都不是掌握小说艺术的途径。最后，詹姆斯将有机体的概念也应用到了作家身上。当贝赞特主张小说必须有道德意识的时候，詹姆斯则指出小说的道德立场在于作家本身的思想性。学者罗伯·戴维森认为，詹姆斯的这一立场表明他受到了英国批评家马修·阿诺德的影响，通过后者，詹姆斯认识到了英国批评界流行的风气，即机械地用外在和形式主义的标准去衡量文学作品。对此，詹姆斯和阿诺德一样借用法国批评思想加以匡正，即作家、批评家和读者都应该发展出自己完整的道德意识，并且追求思想。继而，詹姆斯进一步指出，文学批评应该彻底地拒绝任何预先的评判，应该完全地尊重艺术家，允许他们有选择的自由。这是詹姆斯在《小说的艺术》中表达出的最具颠覆性的一个观点，它后来在《小说的未来》中再次出现。

前面已经提到，贝赞特在演讲中对小说写作者列出了诸种教条，其中颇具争议性的一个就是小说家永远不应该超越自己的经验。对此，詹姆斯通过重新定义"经验"的方式做出了批判：

经验是无穷的，并且永无止境；它是广大的情感，是一种由最精细的丝线织成的巨大蛛网，悬挂在意识的洞穴中，捕捉飘浮到网内的空中微粒。这就是头脑运作的氛围，而当这头脑富有想象力的时候——如果是一个有天赋之人的头脑，这想象力就要丰富得多——它就会给自己带来生活中最细微

192

的线索，把空气中每一次震动都变成启示。

在这个著名的定义中，经验不再囿于作家具体的行为和所见所闻，而是扩展到想象力得以运作的整个范畴之内。因此，一位英国小说家才能够借助在巴黎上楼梯时偶然的一瞥而写作出关于法国新教青年的杰作。

如果说《小说的艺术》是詹姆斯文学批评理论中一篇里程碑式的文章，那么詹姆斯对具体作家的评论则体现了其理论的形成与发展过程。在本书所选的四篇作家论中，写伊凡·屠格涅夫和夏尔·波德莱尔的两篇文章写于《小说的艺术》诞生之前，而另两篇文章写于之后。在对屠格涅夫的评论中，詹姆斯实际上已经表达了关于小说和小说家作为有机体的思想。他盛赞屠格涅夫是一位将形式与道德（尤其体现为屠格涅夫对人的悲悯）完美结合的作家。虽然他的作品有着精致的外在形式，但詹姆斯提醒人们不要随意对其进行探究，因为"关于一位诗人或小说家的重要问题是他对生活有何感想？归根结底，他的人生哲学是什么"？在此，我们已然看到了詹姆斯后来在《小说的艺术》中所强调的道德立场问题。

在写奥德雷·德·巴尔扎克和古斯塔夫·福楼拜的这两篇文章中，詹姆斯都强调了想象力之于小说家的重要作用。例如巴尔扎克立志写下半个世纪以来法兰西的一切，在这一宏伟的志向下，他的一生几乎都成为一场苦役。如果根据贝赞特小说家不能超越自己的经验这一论断，那么巴尔扎克就必须拥有丰富、完整的生活经验才可能完成这一使命。然而詹姆斯指出，巴尔扎克"不生活——除了在想象中生活，或者靠想象之外的其他帮助而生活；他的想象就是他的全部经验；他实在没有时间给真实的东西。这让我们认识到了一个或许是简单，但却意涵丰富的事实：他单靠想象力完成了创作，靠想象力制定了计划，并且靠想象力将其贯彻实施"。巴尔扎克要表现鲜活的现实，要使小说具有恢宏的历史性，但他对现实的把握靠的是想象，而他的伟大之处就体现在没有人像他那样使人造的东西和真实如此相似。显然，詹姆斯借由对巴尔扎克的评论重述了《小说的艺术》中对经验的重新定义。同样，福楼拜也离群索居，虽然具有即刻交际的能力，但本质上他"惧怕生活"，在塞纳河边的房子里拒绝外界的打扰。虽然詹姆斯对福楼拜题材不够广阔的特征颇有微词，但他也同样承认福楼拜想象力的丰富与出色。并且和屠格涅夫一样，福楼拜也是一位完美结合了风格、趣味与美的作家，这一点亦深受詹姆斯的赞赏。

简言之，通过本书所选的詹姆斯小说论与作家论的诸篇文章，我们可以大致了解詹姆斯文学批评思想的核心内容及其发展变化的轨迹。除此之外，詹姆斯本身作为杰出的作家，更能够从创作者的视角窥探这些文学大家的精神世界。尤其是他对屠格涅夫、巴尔扎克和福楼拜的评论中饱含着一种作家独有的理解与同情。例如他形容巴尔扎克和他那伟大的写作意图的关系就仿佛是与一只野兽的肉搏，而即便"我们在反映着这场斗争的长廊里所看到的不是那受害者的战败，而是他令人钦佩的抵抗，我们仍然不会忘记这位战士和他的命运被关在了一起。他是把自己给锁进去的——无疑这是他自己的过错——并且把钥匙丢了出去"。再比如詹姆斯描写福楼拜在寓所与作家文人交往的细节仿佛能够把读者带回到当时法国文人社交圈子的现场。而他对屠格涅夫的评论虽然失之于缺乏对俄国政治历史背景的参照，但却敏锐地捕捉到了屠格涅夫在悲悯之下潜藏着的对人性的兴趣："很少有作家不被由于精神缺陷而导致的古怪和异常所吸引，但吸引屠格涅夫先生的还不止于此——还有那仿佛是透过一块破碎的窗玻璃去观察人性构造的机会。"这类精准绝妙的句子在詹姆斯的批评作品中时有出现，它们就好像由詹姆斯那些结构复杂的长句子所构成的迷雾森林里透过的阳光，为我们在森林里的穿行增添了信心和乐趣。

（全书完）

注释

本书所有注释除专门标示"作者注"和"原注"的，其他均为译者注。

小说的艺术

1　本文最初于 1884 年发表在《朗曼杂志》(*Longman's magazine*) 上，1888 年收入评论集《不完整的画像》(*Partial Portraits*)。

2　沃尔特·贝赞特 (Walter Besant，1836—1901)，英国小说家、历史学家。

3　皇家研究院 (Royal Institution)，全称为大不列颠皇家研究院 (Royal Institution of Great Britain)，1799 年建立，是位于英国伦敦的一家致力于科学研究与教育的机构。

4　原文为法语 "discutable"。

5　狄更斯 (Charles Dickens，1812—1870)，英国作家、社会评论家。

6　萨克雷 (William Thackeray，1811—1863)，英国作家。

7　原文为法语 "naïf"。

8　原文为法语 "naïveté"。

9　安东尼·特罗洛普 (Anthony Trollope，1815—1882)，英国小说家。

10　吉本 (Edward Gibbon，1737—1794)，英国历史学家、作家和国会议员。

11　麦考利 (Thomas Babington Macaulay，1800—1859)，英国历史学家和辉格党政治家。

12　原文为法语 "rapprochement"。

13　米考伯先生：狄更斯小说《大卫·科波菲尔》中的人物。

14　原文为法语 "allons donc"。

15　霍桑 (Nathaniel Hawthorne，1804—1864)，美国小说家。

16　原文为法语 "donnée"。

17　古斯塔夫·福楼拜 (Gustave Flaubert，1821—1880)，法国小说家。

18　伊凡·屠格涅夫 (Ivan Turgenieff，1818—1883)，俄国小说家、诗人、剧作家。

19　格伦迪夫人 (Mrs. Grundy) 是英国剧作家托马斯·莫顿 (T. Morton，1764—1838) 的戏剧《犁得快些》(*Speed the Plough*) 中一个并不出场的人物。剧中别的人物每逢遇到什么令人困惑或者为难的事情，就会彼此议论或者兀自嘀咕："不知道咱们的格伦迪夫人处在这种境地时，她会怎么办？"现在格伦迪夫人在英国人的生活和文学作品中已经成为一个具有象征意义的人物，代表着英国人心目中的因循守旧、办事妥帖、合乎礼仪的楷模。

20　罗伯特·路易斯·史蒂文森 (Robert Louis Stevenson，1850—1894)，苏格兰小说家、旅行作家。

21　爱德蒙·德·龚古尔 (Edmond de Goncourt，1822—1896)，法国作家、文学艺术

批评家、出版人。

22 "西班牙大陆美洲"指的是西班牙在美洲的殖民地。

23 乔治·艾略特（George Eliot, 1819—1880），英国小说家、诗人。

24 原文为大写字母。

25 大仲马（Alexandre Dumas, 1802—1870），法国作家。

26 简·奥斯汀（Jane Austen, 1775—1817），英国小说家。

我们为何偏爱屠格涅夫

1 原题为《伊凡·屠格涅夫》，最初于 1874 年发表在《北美评论》(*North American Review*) 上，后收入评论集《法国诗人与小说家》(*French Poets and Novelists*)。

2 乔治·桑（George Sand, 1804—1876），法国小说家和传记作家。

3 即屠格涅夫的长篇小说《前夜》。该书的第一个法译本出版于 1863 年，名为《叶连娜》(*Éléna*)；第一个英译本名为《前夜》(*On the Eve*)，出版于 1895 年，晚于这篇文章的写作时间，由此推断此处亨利·詹姆斯采用了《前夜》的法译本书名。

4 奥克塔夫·弗耶（Octave Feuillet, 1821—1890），法国小说家和剧作家。

5 古斯塔夫·德罗兹（Antoine Gustave Droz, 1832—1895），法国作家。

6 原文为法语 "pièce de circonstance"。

7 梅松尼尔（Juste-Aurèle Meissonnier, 1695—1750），法国金匠、雕塑家、家具设计师。

8 原文为法语 "chatteries"。

9 原文为法语 "dame de compagnie"。

10 原文为法语 "ingénue"。

11 古希腊戏剧的合唱队有针对剧情发表议论的作用，这里指的是小说家不对小说情节发表观点。

12 原文为拉丁语 "victa causa"。

13 斯多葛主义是源自古希腊的思想流派，主张依照自然而生活，不欲求欢乐，亦不惧痛苦。

14 毕希纳（Ludwig Büchner, 1824—1899），德国哲学家、生理学家和医学家，著有《力与物质》(*Kraft und Stoff: Empirisch-naturphilosophische Studien*)。在原文中，亨利·詹姆斯将书名误写为《物质与力》。

15 俄罗斯东正教信仰中的人物，通常是半疯癫的游民传教士或苦行僧。俄罗斯最著名的圣愚是圣瓦西里。

16 原文为法语 "pot-au-feu"。

17 本生（Robert Bunsen，1811—1899），德国化学家。

巴尔扎克为何值得尊敬

1 原题为《奥德雷·德·巴尔扎克》，最初作于 1902 年，后于 1914 年收入批评集《小说家评论》（*Notes on Novelists*）。

2 指巴尔扎克小说《两个新嫁娘》的英译本发表在《百年法国小说》上。

3 英国作家乔纳森·斯威夫特（Jonathan Swift，1667—1745）的小说《格列佛游记》中的主人公。

4 巴尔扎克的一部短篇故事集。

5 泰纳（Hippolyte Taine，1828—1893），法国批评家、历史学家。

6 透纳（Joseph Turner，1775—1851），英国浪漫主义画家。

7 法国货币单位，1 法郎等于 100 生丁。

8 奥斯曼帝国行政系统中的高官。

9 阿纳托尔·赛尔贝（Anatole Cerfberr，1835—1896），法国记者、作家。

10 沃姆利（Katherine Prescott Wormeley，1830—1908），美国作家、编辑、法国文学翻译家，曾是一名美国内战时期的护士。

11 保罗·布尔热（Paul Bourget，1852—1935），法国小说家和评论家。

12 左拉（Émile Zola，1840—1902），法国自然主义小说家和理论家，自然主义文学流派创始人与领袖。

13 原文为法语 "agrément"。

14 原文为法语 "fils de famille"。

15 原文为法语 "œuvres de jeunesse"。

16 原文为法语 "entiers"。

17 原文为法语 "de province"。

你真的读懂福楼拜和《包法利夫人》了吗

1 原题为《古斯塔夫·福楼拜》，收入亨利·詹姆斯 1914 年出版的批评集《小说家评论》（*Notes on Novelists*）。

2 值此为《包法利夫人》的译本撰写序言之际。该译本收入《一个世纪的法国罗曼史》丛书，由埃德蒙·戈斯先生和威廉姆·海涅曼先生于 1902 年编辑出版。——原注

3 埃米尔·法盖（Émile Faguet，1847—1916），法国作家和文学批评家。

4 原文为法语 "confrère"。

5 此处与前文论及古斯塔夫·福楼拜与兄长关系紧张的地方有矛盾。事实上，古斯塔夫还有一位年长他八岁的哥哥阿奇里·福楼拜（Achille Flaubert），故此处应为亨利·詹姆斯的笔误。

6 马尔西姆·杜·坎普（Maxime Du Camp，1822—1894），法国作家和摄影师。

7 马蒂尔德公主（Princess Mathilde，1820—1904），法国公主和沙龙主持人。

8 露易丝·柯莱（Louise Colet，1810—1876），法国诗人。

9 《两个世界的评论》（*Revue des deux Mondes*），法国月刊，1829 年创始于巴黎，主要涉及文学、文化和政治事务等领域。

10 勒南（Ernest Renan，1823—1892），法国符号学语言家、哲学家、圣经学者，批评家和宗教史家。

11 维克多·舍尔比利埃（Victor Cherbuliez，1829—1899），法国小说家和作家。

12 奥科塔夫·佛叶（Octave Feuillet，1821—1890），法国小说家和剧作家。

13 泰奥菲尔·戈蒂耶（Théophile Gautier，1811—1872），法国诗人、剧作家、小说家，艺术和文学评论家。

14 歌德（Johann Wolfgang von Goethe，1749—1832），德国作家和政治家。

15 海涅（Heinrich Heine，1797—1856），德国诗人、记者、散文家和文学批评家。

16 莱奥帕尔迪（Giacomo Leopardi，1798—1837），意大利哲学家、诗人、散文家和文献学家。

17 普希金（Alexander Pushkin，1799—1837），俄国诗人、剧作家、小说家。

18 丁尼生（Alfred Tennyson，1809—1892），英国诗人。

19 拜伦（George Gordon Byron，1788—1824），英国诗人、革命家、英国浪漫主义文学的代表人物。

20 原文为法语 "gueuler"。

21 原文为法语 "moyen"。

22 原文为法语 "écrivain"。

23 佩特（Walter Pater，1839—1894），英国散文作家、文学和艺术批评家。

24 这是真实的，令人愉快的真实。虽然它显然没有在其他方面存在，但他确实在生活的这一领域挥霍无度，这是福楼拜的必需和法则。他深思熟虑，迟疑不决，竭尽全力，躲避返回，让自己完全沉浸在这种挥霍所带来的悲喜交织当中。对此我想起了爱德蒙·德·龚古尔所说的一段非常吸引人的话，他相当认可这个英雄传奇，但同时又恰如其分地评价道："我不得不告诉你，这里面有很多的睡眠时间和逃学。"（原文为法语，笔者注）他由此谈到有一次他和一个朋友在马蒂尔德家里，那个朋友是如何在一个美好的下午时分消失不见了，最后人们发现他是脱了衣服到床上思考去了！——作者注

25 原文为法语 "l'âme française"。

26 原文为法语 "Il connût alors la mélancolie des paquebots"。

27 小品词（Particle）一般指英语或德语中和动词搭配，组成动词性短语的介词或副词，在法语中并不常见。因此詹姆斯在这里使用"小品词"这个概念其实并不恰当，但从另一个角度说，这也恰恰反映出他是从英语母语者的视角认为法语中那些只是起强调作用，而没有实际意义的虚词破坏了语言的节奏感和韵律感。

作为反面教材的波德莱尔

1 原题为《夏尔·波德莱尔》，最初于 1876 年发表在《国家》（The Nation）杂志上，后收入评论集《法国诗人与小说家》（French Poets and Novelists）。

2 关于这个主题，一本美国期刊发表了一些书信往来。——作者注

3 《恶之花》，夏尔·波德莱尔著，泰奥菲尔·戈蒂耶注释。巴黎：米歇尔·列维出版社。——作者注

4 出自拉辛（Jean Racine，1639—1699）的悲剧《费德尔》。

5 爱伦·坡（Edgar Allan Poe，1809—1849），美国作家、编辑、文学批评家。

6 爱伦·坡的小说集。

7 原文为法语"pourriture"。

8 诗作引自郭宏安译本：夏尔·波德莱尔：《恶之花》，郭宏安译，广西师范大学出版社，2002 年，第 286 页。

9 原文为法语"raison d'être"。

10 出自《恶之花》中《两个好姐妹》这首诗。

11 埃格沃斯（Maria Edgeworth，1768—1849），英国作家，一生为成人与儿童创作了大量文学作品。

小说的未来

1 本文系亨利·詹姆斯为 1900 年出版的《世界文学名著文库》（The International Library of Famous Literature）第十四卷撰写的序言。

2 理查森（Samuel Richardson，1689—1761），英国小说家。

3 菲尔丁（Henry Fielding，1707—1754），英国小说家和剧作家。

4 司各特（Sir Walter Scott，1771—1832），苏格兰历史小说家、诗人、剧作家和历史学家。

5 原文为法语"fouiller"。

伊凡·屠格涅夫
Иван Сергеевич Тургенев (1818—1883)

俄罗斯小说家、诗人和剧作家
擅长细腻的心理描写，对女性人物的刻画尤其生动
代表作《猎人笔记》《贵族之家》《父与子》等

奥德雷·德·巴尔扎克
Honoré·de Balzac (1799—1850)

法国现实主义文学成就最高者
对社会方方面面的细节有敏锐的洞察
代表作《人间喜剧》，被誉为"法国社会的百科全书"

古斯塔夫·福楼拜
Gustave Flaubert (1821—1880)

法国现实主义文学代表人物
追求形式上的完美，强调风格的重要性
代表作《包法利夫人》，被誉为"最完美的小说"

夏尔·波德莱尔
Charles Pierre Baudelaire (1821—1867)

法国诗人、散文家，象征主义诗歌的先驱
在处理诗歌韵律和节奏上技艺精湛
代表作《恶之花》《巴黎的忧郁》